CW00971412

LES BONNES
INTENTIONS

Agnès Desarthe, née en 1966, est romancière et traductrice. Après un premier roman remarqué – *Quelques minutes de bonheur absolu* –, elle s'impose comme une des voix les plus fortes de la jeune littérature française en publiant *Un secret sans importance* (prix du Livre Inter 1996), *Cinq Photos de ma femme*, *Les Bonnes Intentions*, *Le Principe de Frédelle*, et plus récemment, *Mangez-moi*. Elle a également écrit de nombreux livres pour la jeunesse.

Agnès Desarthe

LES BONNES
INTENTIONS

ROMAN

Éditions de l'Olivier

TEXTE INTÉGRAL

ISBN : 978-2-02-051226-8

(ISBN 2-87929-261-1, 1ʳᵉ édition)

© Éditions du Seuil / Éditions de l'Olivier, 2000

Le Code de la propriété intellectuelle interdit les copies ou reproductions destinées à une utilisation collective. Toute représentation ou reproduction intégrale ou partielle faite par quelque procédé que ce soit, sans le consentement de l'auteur ou de ses ayants cause, est illicite et constitue une contrefaçon sanctionnée par les articles L. 335-2 et suivants du Code de la propriété intellectuelle.

1

La réunion

L'accès à la propriété n'a pas que des avantages. Les
emprunts, les charges, l'électricité vétuste, la plomberie
approximative, la peinture à refaire, les plafonds et les
murs mal isolés phoniquement. L'insouciance reste à
la porte. En m'installant, je me suis demandé si elle
reviendrait jamais. Il m'a fallu attendre la réunion de
copropriété pour mesurer l'ampleur de la malédiction.
Ces réunions ne sont pas obligatoires, et il paraît exagéré de comparer un supplice facultatif comme celui-ci
à l'inévitable souci des traites à payer et de l'emména-
gement. Dans mon cas, cependant, cette logique ne
s'applique pas.

Répondant à la convocation de M. Moldo, gérant de
la Gedeco S.N.C., je me suis retrouvée assise dans une
petite salle surchauffée à écouter des gens parler pendant des heures de choses qui ne m'intéressaient pas le
moins du monde, mais au sujet desquelles on me

demandait néanmoins mon avis, mon approbation. « Passons au vote, si vous le voulez bien. » Les mains se lèvent. M. Moldo compte les voix.

– Mme Jauffret, vous êtes bien certaine d'être contre ?

– Ah oui, tout à fait.

Mme Jauffret agite vigoureusement la tête, puis se rencogne dans son fauteuil afin de marquer sa détermination.

– Vous êtes consciente que chaque voix négative coûte de l'argent à la copropriété ?

Ai-je bien entendu ? Je n'ose faire répéter, parce que je suis nouvelle et que M. Moldo m'impressionne. C'est notre syndic, et je perds pas mal de temps à me demander si ce mot « syndic » est l'abréviation de « syndicat ». M. Moldo ressemble à un tapir. Les yeux sont petits, perçants, rapprochés, mobiles et lents à la fois, comme deux minuscules caméras de surveillance incrustées de chaque côté de son long nez pointu. M. Moldo commence chacune de ses phrases par « écoutez » et on sait d'emblée qu'on a perdu. Il ne se laisse jamais interrompre.

Il nous a accueillis à bras ouverts, Julien et moi, en s'écriant : « Du sang neuf ! » Je l'ai aussitôt imaginé me mâchouillant la carotide. Derrière lui, Mme Moldo, son épouse, son double, son assistante, sa secrétaire, femme multiple aux lunettes portées bas pour pouvoir regarder par-dessus, nous sourit et s'exclame en me prenant les mains : « Comme vous avez de beaux yeux ! » Je revois alors la plaque de cuivre sous le porche.

À l'entrée de l'immeuble, il y avait un pan de mur exclusivement réservé aux enseignes, nous apprenant que le bâtiment abritait un O.R.L., une stomatologue, un psychiatre, une société de graphisme, notre fameux syndic et, enfin, la « Banque des yeux ». Aucune autre indication n'était donnée. Les lettres noires, gravées dans le métal ne livraient pas d'explications complémentaires. *Banque des yeux – 2ᵉ droite – Sonnez fort.*

Donc, nous sommes ici pour donner notre sang et nos yeux. Bien, bien.

Je touche le bras de Julien pour me rassurer quant à la texture du réel. Le contact du cuir de son blouson, la prescience de sa peau, de ses muscles, m'apaisent aussitôt. Je souris en réponse à Mme Moldo.

– Ravie de vous rencontrer, dis-je.

Elle lisse son pull sur sa poitrine d'un air efficace. Je découvrirai au cours des mois qu'elle nourrit une passion sans borne pour le mohair. De toutes les couleurs, torsadé, incrusté de fils d'or, de fils d'argent, de plumes. C'est une femme qui apprécie la douceur des touches de son clavier d'ordinateur, prend plaisir à bien articuler chaque mot qu'elle prononce et à caler ses lombaires contre le dossier ergonomique de sa chaise.

– Je note ça dans le P.-V., monsieur Moldo ?

– Parfaitement, madame Moldo.

Je leur suis reconnaissante du spectacle qu'ils nous offrent à s'appeler ainsi par leur nom de famille et j'admire leur zèle administratif. J'ai l'intention de m'enticher de leur moindre manie. Sans cela, j'en suis certaine, je périrai d'ennui.

– Nous avons beaucoup de chance dans cet immeuble, oui, vraiment, beaucoup de chance, nous assène M. Moldo, cassé en deux sur son bureau, dans une attitude éminemment persuasive. Parce qu'il n'y a pas de locataires. C'est très rare. Ex-cep-tion-nel. Tous nos bons copropriétaires habitent l'immeuble et c'est pour ça qu'ils prennent intérêt à la vie de la copropriété. Sont excusés M. et Mme Dupotier, très malades, très affaiblis ces derniers temps ; vous avez le pouvoir, madame Pognon ? Prends note, madame Moldo : Mme Pognon a le pouvoir des Dupotier. Les Kovaks sont absents, pas de pouvoir, un retard de charges de... voyons voir... huit mois, ça commence à faire, enfin, ne nous affolons pas, leur fille m'a appelé de Washington. Prends note, madame Moldo : Kovaks, absents, pas de pouvoir, renvoyer rappel, par deux fois, puis papier bleu, si c'est ça qu'ils veulent, ils l'auront. Non, je plaisante, on n'a jamais eu besoin d'avoir recours à l'huissier. Pas vrai, madame Moldo ?

Je regarde autour de moi, tout le vieux sang qui coule

dans les corps de mes voisins. Nous avons emménagé dans un hospice.

M. et Mme Pognon. Il a l'air d'un croque-mort, porte des chaussures fines en cuir de style italien. Il est très grand et très maigre, le teint d'un beau gris perle. Sa femme, que j'ai croisée une dizaine de fois dans l'escalier, ne me reconnaît jamais. Elle a un regard de poule craintive, un corps massif et court. Elle doit lui arriver au sternum. J'ai cru comprendre qu'ils possédaient un magasin de literie ; c'est inimaginable, comme si on m'apprenait que mes parents sont à la tête d'une chaîne de sex-shops.

– Vous êtes donc contre le filet à pigeons, madame Jauffret ?

– Je maintiens.

– Pourriez-vous justifier votre choix ?

– Monsieur Moldo, vous savez parfaitement que, habitant au dernier étage, je bénéficie d'une vue imprenable sur tout Paris et que la fenêtre de ma salle de bains donne sur le Sacré-Cœur, alors imaginez l'effet si on vient me pendre un filet, là...

Mme Jauffret ralentit, elle a un problème d'asthme ou je ne sais quoi, qui fait qu'elle ne parvient pas à reprendre son souffle, elle s'écrase sur elle-même et semble s'endormir en plein milieu de sa phrase.

Mme Distik s'est endormie pour de bon. Sans quitter son fichu, le sac à main blotti entre ses bras croisés.

Son mari pousse de profonds soupirs d'exaspération. Ils ont la même taille, les mêmes yeux, la même veste.

Mme Calmann me fait un signe de la main. C'est ma voisine préférée, la seule qui me dise bonjour. Elle a une mise en plis impeccable et un petit chien qui n'aboie jamais. Elle parle souvent de son mari, à mi-voix, les yeux au ciel, parce qu'il est trop gros et refuse de se mettre au régime. M. Calmann semble monté sur coussins d'air. Malgré son embonpoint, il ne fait pas le moindre bruit en se déplaçant. C'est peut-être grâce à la gymnastique. Il a un entraîneur personnel, remboursé par la Sécurité sociale, qui l'aide à faire de l'exercice.

J'ai habité plusieurs immeubles depuis que je suis née, jamais de tour, mais des bâtisses qui comptaient jusqu'à seize appartements. Enfant, je n'avais jamais vraiment saisi ce que recouvrait la notion de voisinage. Je croisais des gens dans l'escalier qui trouvaient invariablement que j'avais grandi. Les enfants de mon âge m'étaient indifférents, nous n'allions pas à la même école et, du coup, c'est comme si nous n'avions pas vécu sur la même planète. Cet appartement, celui que nous avons acheté il y a deux mois, est ma première vraie maison, et j'ai décidé de me conduire en femme responsable.

Histoire de m'en donner l'air, je croise un genou sur

l'autre. C'est une posture que j'adopte avec circonspection, car depuis que j'ai ouvert les yeux sur le monde, depuis que, de ma hauteur d'enfant, j'ai commencé à observer les manières des adultes, j'ai remarqué qu'elle arrivait en tête de leurs attitudes favorites. Hommes et femmes confondus croisent un genou sur l'autre. C'est mauvais pour le dos, mais c'est bon pour l'ego. On se sent immédiatement plus respectable. Je croise donc comme il faut et je note l'harmonie parfaite qui en résulte entre Mme Pétronie, assise à mes côtés dans la même position, et moi-même. Mme Pétronie est une petite femme d'une soixantaine d'années, extrêmement soignée, au regard d'une bonté confondante. Son mari, en revanche, cloche sérieusement. Il a des bras très courts, les mains noyées dans les manches trop longues de son costume. Lui n'a pas croisé les genoux. Il ne peut pas parce qu'il est anormal. Je ne sais comment le dire autrement. Son visage grimace sans cesse, secoué de tics. Il fait un bruit bizarre avec la bouche, comme font les gens pour attirer les chats, les poules ou les moutons, une sorte de baiser sonore et répétitif. Étant de bonne compagnie, chacun d'entre nous fait mine de ne pas s'en étonner. Nous l'acceptons tel qu'il est dans notre communauté de personnes saines.

Je me demande ce qui a bien pu lui passer par la tête, à Mme Pétronie, le jour où elle a épousé M. Pétronie. Peut-être n'était-il pas si abîmé dans sa jeunesse, moins bizarre. Il s'agit sans doute d'une maladie et je trouve ça très triste de l'imaginer se dégradant de jour en jour jusqu'à devenir ce qu'il est aujourd'hui, avec son air grincheux de vieux bébé. Mais c'est encore plus triste de penser qu'il a toujours été ainsi, et que Mme Pétronie l'a sélectionné malgré tout, non parce qu'il était riche – ce qu'il est réellement, je crois – mais parce qu'elle voulait être bonne. Elle l'a recueilli dans son amour (je me dois de préciser ici qu'elle manifeste en toutes circonstances une tendresse sincère à son égard). Elle a racheté je ne sais quelle faute. Je l'imagine quarante ans plus tôt. Elle devait être assez jolie, dans un genre particulier quand même, jolie comme une petite souris timide, jolie mais engluée par une louche de contrition versée bouillante sur son jeune crâne. C'est peut-être ça le christianisme, me dis-je. Ce choix contre nature d'aller vers le plus faible, d'aimer le plus démuni, d'offrir sa vie pour apaiser les douleurs des autres.

– Vous savez déjà si c'est un garçon ou une fille ?

Mme Pétronie s'est penchée vers moi. Elle chuchote dans mon oreille et porte à mon ventre un doux regard humide qui me réchauffe instantanément. J'hésite à répondre, de peur de me faire réprimander pour bavardage intempestif. Je lui fais signe que non en secouant la tête.

– Moi, j'ai un fils, fait-elle.

Aïe, me dis-je. Eh ben, ça doit pas être beau à voir. Mais son œil étincelant m'affirme le contraire. Son fils est sa victoire, le pari infiniment risqué qu'elle a remporté sur le destin. Se fier toujours au regard des gens, règle juste et absolue.

Dans la semaine qui a suivi, je les ai rencontrés, tous les deux, dans la rue, la mère et l'enfant, un homme somptueux, d'une correction parfaite, d'une droiture flagrante. Il m'a tenu la porte de l'immeuble, me laissant passer devant lui avec élégance et galanterie. Un frisson solennel m'a appris que je le trouvais totalement craquant.

— Reprenons, madame Moldo, la motion pour le filet à pigeons est adoptée à huit voix contre une. Mme Jauffret, je vous en prie...

— C'est mon droit le plus strict.

— Mais vous voyez bien que c'est inutile, on va le suspendre de toute façon.

— C'est mon droit le plus strict, répète Mme Jauffret, au bord de l'apoplexie.

Mme Pétronie et moi échangeons un coup d'œil dubitatif. Devons-nous intervenir ? M. Créton ne nous en laisse pas le temps.

— En tant que président du conseil syndical, déclare-t-il d'une voix de fausset, je tiens à faire remarquer que l'attitude de ma voisine, bien que non constructive, est parfaitement légale et fondée. Permettez-moi toutefois,

chère madame Jauffret, de faire valoir ici qu'en réponse
à la lettre datée du 11 courant...

M. Moldo ferme les yeux. Sa punition du jour
advient et il décide d'en supporter la douleur dans le
calme. Je me tourne pour voir qui parle, qui a le pouvoir de se rendre aussi antipathique et ennuyeux en
deux phrases. M. Créton ne tarit pas. Il cite pêle-mêle
divers articles du code de la propriété, ressort des
extraits de procès-verbaux antérieurs. C'est un maniaque
de la paperasse. Sa femme, un dogue bourru, obèse
et passablement exophtalmique, le bourre de coups de
coude tandis qu'il déverse sur son auditoire le flot de
son argumentation sans queue ni tête. Contrairement
à ce qu'on pourrait croire, les coups ne visent pas à le
faire taire, mais à l'encourager. Habilement stimulé, il
coasse dans l'indifférence générale.

Un à un, ils finiront par prendre la parole, même
Mme Distik se réveillera pour déposer son grain de sel.
Il ne s'agit pas pour eux d'apporter du sens, de faire
comprendre quoi que ce soit ; il s'agit d'exprimer la
vérité confuse et scellée au fond de leur cœur. Un hospice, oui, et un asile de fous aussi, pensé-je en regardant
ma montre. Deux heures sont déjà écoulées et nous
n'en sommes qu'au deuxième point de l'ordre du jour
qui en compte cinq.

Julien a posé le menton sur ses mains croisées. Il a

l'air de beaucoup s'amuser. Notre nouvelle vie commence, me dis-je.

C'est pleine d'espoir et de détermination que j'ai emménagé au 116/118 du boulevard.

2

Une fascinante poitrine

Noël approche, une période particulièrement féconde en crises de désespoir.

M. Dupotier vient me voir. C'est la troisième fois depuis ce matin. Ses visites sont de plus en plus fréquentes.

Noël, moi, je m'en fiche, bien que se ficher de Noël requière un effort de concentration ininterrompu sur plus d'un mois de temps.

Lui, il ne s'en fiche pas. Il y pense, il le voit à la télé. Il s'en souvient, avec son chien, avec sa femme, avec son fils. Ils sont morts tous les trois, l'un après l'autre.

L'animal a ouvert le cortège. J'habitais l'immeuble depuis trois mois à peine, mais je connaissais les Dupotier : ils mettaient des heures à descendre ou à remonter leur étage. Noiraud, le cocker, n'était pas plus rapide, il avait une sorte de genu valgum (bien que j'ignore si une telle malformation peut affecter les chiens), toujours est-il qu'il avançait péniblement, le ventre au ras du sol, les pattes en X. C'était une bête si pitoyable que, comparés à lui, M. et Mme Dupotier avaient l'air presque verts.

Le chien est donc mort en premier. Je n'ai pas su comment. Je ne l'ai pas su tout de suite. Malgré ma vigilance, ou peut-être à cause d'elle, les nouvelles mettent un certain temps à me parvenir.

Mme Dupotier était dans l'escalier, à mi-étage, agrippée à la rampe. Attendait-elle Noiraud ?

– Notre pauvre toutou est mort, ma petite dame.

Je me suis demandé s'ils l'avaient enterré. J'ai pris un air de circonstance mais je n'ai pas osé, comme je l'aurais voulu, lui prendre la main.

Mme Dupotier avait de longs doigts maigres, crochus et crayeux. Cette dernière caractéristique s'appliquait d'ailleurs à l'ensemble de sa personne. Lorsque je la voyais sortir de chez elle, j'étais stupéfiée par sa blancheur, ce côté poussiéreux, comme si l'immeuble entier lui était tombé dessus et qu'elle s'en était miraculeusement sortie indemne, avec, pour seule séquelle, cette pellicule plâtreuse qui s'incrustait dans chaque pore de sa peau.

Si je ne lui ai pas serré la main, c'est aussi parce que j'ai peur des dames âgées. Dans l'histoire de la jeune fille qui va chercher de l'eau à la fontaine et qui tend sa cruche à la vieille, j'aurais faibli. La voyant près de la source, courbée en deux, décharnée, les paupières rouges, je serais partie en courant dans le sens opposé. D'une manière générale, je redoute de toucher les gens. J'ai peur qu'ils le prennent mal, je crains de les brusquer.

Après la mort de Noiraud, l'épicier d'en bas a proposé aux Dupotier d'adopter un de ses chiots, mais ils lui ont répondu qu'ils ne voulaient pas faire un orphelin. Ils se sentaient au bout du rouleau. Ce qui, de la part de Mme Dupotier, constituait une belle preuve de clairvoyance : elle ne mit pas six mois à s'éteindre.

Cette fois-ci, je fus la première au courant. M. Dupotier vint frapper à ma porte.

– Oh, ma petite dame, si vous saviez. Il est arrivé un grand malheur.

Là encore, j'aurais aimé lui prendre les mains. Mais les siennes étaient encore plus repoussantes que celles de son épouse, à cause de ses ongles qu'il avait cessé de couper et qui s'incarnaient, noircis, dans la chair grise. Je ne pouvais m'empêcher de les examiner à chacune de nos rencontres, parce qu'elles me semblaient fournir un indice fiable du retour, avec le temps, de l'humain vers l'animal.

Deux jours plus tard, c'était la gardienne qui sonnait.

– Tu veux venir voir le corps ?

Je ne compris pas immédiatement. Simone, ma gardienne, m'a toujours tutoyée. Il faut absolument que je vous explique pourquoi. Il faut absolument que je vous parle de Simone et je me demande même si ce n'est pas par là que j'aurais dû commencer.

Vous parler de Simone, c'est forcément vous parler de moi. Non que nous nous ressemblions, mais parce qu'elle est entrée dans ma vie si facilement.

Lorsque j'ai visité l'appartement, je me suis dit que j'avais trouvé mon nid. C'était là que je voulais vivre. C'était là que notre enfant naîtrait. Le prix était trop élevé, mais on ne pouvait plus reculer. Un coup de foudre.

L'affaire fut faite et nous déménageâmes deux mois plus tard. J'étais enceinte et donc dispensée de portage. Allongée sur la longue table en chêne que les anciens propriétaires avaient laissée derrière eux, j'attendais l'arrivée des cartons. Il faisait beau. La fenêtre était ouverte. J'ai pensé : « Jamais je ne pourrai vivre dans cet endroit. Il y a beaucoup trop de bruit. » J'ai eu envie de pleurer parce que je savais qu'il n'y avait pas moyen de revenir en arrière. J'ai essayé de me convaincre que ce n'était qu'une impression.

Lorsque je me suis redressée pour aller fermer la fenêtre, j'ai vu Simone, debout face à moi.

– Comme c'était ouvert, je suis entrée, dit-elle.

Je n'ai pas sursauté, trop intriguée par son allure pour m'étonner de sa présence.

– Simone, la gardienne.

– Sonia... Je suis la nouvelle propriétaire.

– Sonia, tu es enceinte, on dirait.

J'ai baissé les yeux sur mon ventre qui était un peu moins gonflé que le sien.

Simone était assez grosse ; quoique ce terme ne rende pas justice à sa physionomie générale. Sur des pattes sèches et musculeuses, elle portait un tronc lourd. Ses seins opulents reposaient sur son abdomen admirablement rond. Elle avait la taille courte et la tête rentrée dans les épaules. Mais son visage, ainsi que ses bras, étaient joliment dessinés. Vieillis, flasques, couperosés, mais bien dessinés. Ses cheveux étaient sa véritable fierté. Soigneusement peroxydés, ils s'étageaient en boucles jusqu'à ses épaules. Lorsqu'elle souriait, on avait peine à croire qu'il lui manquait une dent sur deux. Ses lèvres déformées par les chicots auraient dû se couvrir de rouge, mais, au lieu de ça, elles étaient gercées et pâles, plus en accord avec son teint blafard – marbré sur les pommettes, vert au creux des joues – et sa peau râpeuse qu'avec sa coiffure de star américaine des années cinquante. Le plus souvent elle portait une blouse dont le décolleté soulignait sa fascinante poitrine et une paire de savates éculées.

– Oui, répondis-je. Je suis dans mon septième mois.

Elle fouilla dans ses poches, en sortit un ticket de caisse et un crayon à papier, puis, prenant appui sur la table, elle se prépara à noter.

– Numéro de Sécu. Nom de ta mère, son téléphone. Nom de ta belle-mère, téléphone.

J'énumérai sans hésiter. À peine eus-je terminé qu'une vague de panique m'envahit. Peut-être était-elle de la police.

J'avais souvent peur de me faire arrêter. Lorsque nous roulions en voiture, mon mari et moi, je lui disais souvent : « Attention, la police ! »

Peut-être était-elle fasciste. Elle nous dénoncerait. À qui ? Certes, la question avait quelque légitimité. Mais mon esprit ne fonctionne pas comme ça. Je veux dire, il n'y a pas de place pour la logique en moi. La peur occupe tout l'espace.

– Il fait quoi ton mari ?

– Architecte.

Je n'avais pas le droit. Dévoiler des choses sur moi, c'était sans doute une erreur, mais divulguer des informations concernant Julien, c'était aller trop loin. Il ne me le pardonnerait jamais.

– Les architectes, ça voyage beaucoup, fit-elle, en se redressant, les mains sur les reins, grimaçante. Imagine que le bébé arrive alors que ton jules est en déplacement.

Je haussai les épaules, interdite.

– Je te mets dans un taxi, direction l'hôpital et j'appelle ta mère et ta belle-mère pour qu'elles s'occupent de tout. Donne-moi un double des clés que je puisse leur ouvrir en cas d'urgence. Si tu perds les eaux, tu n'auras pas le temps de faire ta valise.

C'était indiscutable.

Je lui tendis un trousseau qu'elle fourra aussitôt dans sa poche. Le tintement et le renflement du tissu m'apprirent qu'elle était en possession d'un véritable chapelet de geôlier.

– Bon, je te laisse. Si tu as besoin de quelque chose, tu cries et j'arrive. Pour le ménage, il y a Josette, ma cousine. Ça fait toujours beaucoup de saletés, un déménagement. Je lui dirai de passer demain. Dix heures, ça te va ?

Sans attendre ma réponse, elle tourna les talons et disparut.

Assise sur l'unique meuble de mon nouvel appartement, j'essayai un instant de me persuader que c'était un rêve.

En cas d'événements trop brusques, de circonstances violentes, j'ai tendance à me retrancher de la vie. J'existe un degré de moins et j'attends que ça passe. Julien prétend que c'est la politique de l'autruche. Une méthode de lâche pour éviter de regarder la réalité en face. Qu'ai-je à répondre pour ma défense ? Il a raison, je le sais, mais je n'y peux rien.

Dans mes jours de grande forme, ces matins où un flux vindicatif vient remplacer le sang mièvre qui circule habituellement dans mes veines, je me plais à considérer ma manière de faire comme une forme secrète d'héroïsme. Il est vrai que, grâce à ma fameuse méthode, je parviens à me fourrer dans des pétrins que nombre d'esprits audacieux, voire intrépides, fuiraient sans une seconde d'hésitation.

Dans ces moments-là, je me sens bien. Je pense que je suis une personne curieuse de tout et prête à risquer sa santé et – peut-être, oui, il faut bien l'avouer – celle des autres, afin d'enrichir sa connaissance et sa compréhension du monde.

Simone, dans un de ses bons jours, m'apparaissait comme le sujet d'une expérience passionnante sur le comportement humain en milieu hostile : 15 m^2 avec un chien, des perruches, TF1 à 90 décibels jour et nuit, et la puanteur de douze vaisselles en retard.

Dans les jours plus sombres, elle revêtait un tout autre visage. Je prenais alors conscience de ma faiblesse, effarée par ma capacité à laisser des intrus de son espèce pénétrer mon intimité.

Lorsque Josette, sa cousine, avait débarqué le lendemain matin, un seau crasseux à la main et une serpillière ravagée en bandoulière, j'avais pu mesurer mon inconséquence.

Mais c'est surtout dans le regard de Julien que je lus la démonstration de cette forme particulière de folie qui, lorsqu'elle s'empare de moi, me laisse aussi molle qu'une algue divaguant au gré des courants.

Dans ses yeux à lui, Josette se révélait telle qu'elle était vraiment : une femme anguleuse, aux genoux de silex, aux orteils sales pointant au bout de ses claquettes orthopédiques, au long nez droit et conique, aux yeux fouineurs et aux dents noires. Elle avait un air méchant, un regard sournois et dégageait une pénible odeur de Gitanes maïs.

Julien m'a demandé :

– Qui c'est cette horreur ?

Je me rendais compte que « la femme de ménage » n'était pas la bonne réponse.

– C'est Josette, la cousine de Simone.

– Et qui est Simone ?

– La gardienne de l'immeuble.

Julien a souri. J'étais sauvée. Il me déteste et il m'aime exactement pour les mêmes raisons – ce qui ne lui rend pas la vie facile.

J'en étais donc à la mort de Mme Dupotier et à son corps que je devais aller voir. Sur le paillasson, Simone, les mains enfoncées dans les poches de sa blouse, me regardait. Elle avait les yeux mouillés et tombants, la tête légèrement penchée, un air de chien. Je pensai aussitôt à Noiraud, ainsi qu'à une éventuelle réincarnation. C'est le genre d'idées idiotes qui défilent dans mon esprit tout au long de la journée. Avec son sourire effacé, très doux, je la trouvai belle. Je sentis surtout que je tenais à sa présence, que j'appréciais le simple fait de son existence, à cause de son caractère improbable. Avant de rencontrer Simone, je croyais que les gens comme elle n'existaient plus.

J'avoue entretenir des rapports conflictuels avec la réalité. La plupart du temps, ce qui m'est servi chaque matin au réveil – je veux parler du monde, du ciel, des bruits de la ville – ne me convainc pas. Je passe une bonne partie de mes journées à scruter je ne sais quel point de la perspective terrestre à la recherche d'un indice, d'une nouveauté, d'une preuve qu'il y a autre chose, que l'on s'est trompé sur toute la ligne. Je me tiens prête à accueillir la moindre découverte. Annoncez-moi que la Terre n'est finalement pas si ronde que ça et je vous offre un abonnement d'un an à la pâtisserie de votre choix. J'attends, en vérité, la confirmation de mes intuitions : il est impossible que nous sachions tout ; du coup, l'essentiel nous manque et c'est pour ça qu'il est si difficile de se lever le matin. À quoi bon puisque tout est faux, incomplet, illusoire. Donnez-moi trois Vénusiens, une fleur carnivore capable de dévorer un buffle, un centre nerveux du vol libre dans le cerveau de l'hippopotame et je me couche heureuse. Tout ce chaos autour de moi, ce désordre, cette absurdité, et je devrais faire semblant de croire à ce qu'on me raconte...

Mais je m'égare, je voulais juste dire que je l'aimais

bien, Simone, l'improbable Simone qui se tenait là, face à moi, sur mon paillasson et me disait :

– Viens voir le corps. J'y vais, moi. J'y suis déjà allée hier, mais j'y retourne. Elle est toute calme. Tu verrais ça. Un beau visage qu'elle avait Mme Dupotier.

Je ne savais que répondre. J'avais peur d'y aller, et je ne comprenais pas à quoi ça aurait servi. J'ai pensé dire à Simone que ma religion m'interdisait ce genre de visites, mais d'une part je n'étais pas certaine que ce fût vrai, et d'autre part, j'hésitais à aborder ce genre de sujets avec elle. Pourtant, quelques semaines après mon arrivée dans l'appartement, elle avait dit :

– Moi, je m'entends avec tout le monde. Regarde, par exemple, le boucher d'en bas, j'y vais pour acheter ma viande. C'est cachère, mais je m'en fiche pas mal.

Il y avait effectivement une boucherie au rez-de-chaussée de notre immeuble. M. Lakrach vendait de la viande halal et souriait beaucoup. Pour Simone, musulman et juif, c'était la même salade, preuve qu'elle n'était pas raciste.

– Non, merci, Simone. Je n'y tiens pas.

– Ça lui fera plaisir au vieux, si tu y vas.

J'imaginais M. Dupotier, malingre dans son pantalon de velours côtelé, la lavallière mal nouée autour de son cou de poulet, les mains jointes au chevet de son épouse défunte. Je n'avais pas la force d'affronter ce spectacle.

Et puis, je me connaissais trop bien pour prendre le risque.

Face au cadavre de Mme Dupotier, je me serais sans doute mise à compter les poils qui jaillissaient des oreilles du veuf. Dans la chambre noyée d'ombre, encombrée d'objets inutiles pour la plupart hors d'usage, scellés par la crasse et l'abandon, j'aurais reniflé bruyamment, incommodée par l'odeur écœurante de cet appartement aux fenêtres soigneusement fermées par crainte des courants d'air. Ça sentait si mauvais chez eux.

À l'époque, je n'avais encore jamais passé leur porte, mais à chaque fois qu'ils l'ouvraient et que j'avais le malheur de passer devant, un effluve douceâtre me prenait à la gorge. Je ne pouvais m'empêcher alors de m'en repaître, masochiste et puérile, inspirant un grand coup à la recherche des composants de l'immonde fumet. Roux rance, poireaux nageant dans leur eau de cuisson, fruits blets, linge attendant une lessive providentielle et truffé de boules de naphtaline. Tout cela et bien d'autres choses encore figées par la crasse, vouées à une lente décomposition.

– Je ne peux pas, ai-je répondu, piteuse. Le bébé va se réveiller.

C'était faux. Moïse venait à peine de s'endormir.

– Je te le garde, si tu veux, a dit Simone.

Comment refuser ? Prêter son bébé – je m'en étais rapidement rendu compte – constituait un témoignage de tendresse et d'amitié ainsi qu'une preuve tangible de générosité et de grandeur d'âme, sentiments après lesquels je courais éperdument, afin de me faire pardonner mes défauts les plus inavouables. Prêter son bébé contribuait à renforcer les liens sociaux, parfois même à les créer. C'est du moins le couplet que je me serinais pour vaincre mes réticences.

Encore une histoire d'odeur. Lorsque Moïse restait plus de trois minutes dans les bras de quelqu'un d'autre, il me revenait tout changé, parfumé à la tante bidule, à l'oncle machin. Si Eloi, son parrain à la barbe rousse et fournie, s'emparait de lui, je mettais un certain temps à m'ôter de l'idée que mon bébé portait lui aussi la barbe, tant l'odeur du géant bienveillant avait déteint sur son crâne lisse. Pour cette raison, j'accueillais avec un sourire secret les crises de larmes que déclenchait parfois chez mon fils le contact avec les étrangers. Ne vous méprenez pas, le motif de ma joie ne résidait pas dans le rejet qui accablait les autres. Ma félicité était tout organique. Dès que Moïse se mettait à crier, un voile de sueur coiffait sa tête, lui restituant aussitôt son goût délicieux, son arôme incomparable.

Moïse embaumé par l'haleine avinée de Simone, caressé par ses doigts tachés de nicotine, bercé contre sa poitrine, sa fascinante poitrine qui lui servait de remise, de bas de laine, de boîte à couture. Cela semblait irréparable. Dans le pli profond de ses seins, qui sait ce qui se cachait ?

Le téléphone sonna et, fermant la porte sur une Simone plus compréhensive que je ne l'aurais cru, je me surpris à remercier un dieu auquel je ne croyais pourtant pas.

3

Une belle ville

Trois ans ont passé. J'ai un deuxième enfant, un nouveau bébé qui s'appelle Nestor et sent exactement la même odeur que Julien. Cette coïncidence me ravit. Je travaille tous les matins de neuf heures à midi sur la traduction de l'œuvre d'une théoricienne du renouveau de l'Église anglicane. Je ne comprends quasiment rien aux phrases françaises qui s'affichent sur l'écran de mon ordinateur, mais je sais qu'elles sont justes, parce que l'anglais est transparent pour moi. C'est comme si, penchée sur une eau claire, je voyais défiler un cortège de poissons dont j'ignorais l'existence une seconde plus tôt, mais que je serais capable de dessiner à main levée sans omettre le moindre détail, la plus subtile nuance de couleur.

Mon mari est à Caen, sur son premier véritable chantier ; une annexe de la bibliothèque municipale qu'il va faire jaillir d'une butte engazonnée. Ce sera blanc, bas, long, entassé et imbriqué. Il m'a montré ce que ça donnerait en construisant une réplique miniature avec des tiroirs de boîtes d'allumettes. J'ai applaudi. Nous avons disposé un spot sur le côté pour figurer le soleil et j'ai fait passer mes doigts dans le rai de lumière pour les nuages.

— Ça ne sera jamais aussi joli en réalité, a-t-il dit.

Julien est toujours un peu triste. Il prépare la défaite, c'est ce qui fait sa force. Avec lui, je me sens en sécurité, parce que je sais que la vie ne sera jamais aussi moche que dans ses cauchemars.

Peut-être ai-je tort.

Je l'imagine, avec son casque orange qui lui plaque la frange sur les yeux. Les premiers jours sont les plus durs. Les maîtres d'œuvre ne le prennent pas au sérieux. Quoi qu'il fasse — sans doute à cause d'un sort jeté sur lui par une fée ou une sorcière —, Julien a l'air d'avoir quatorze ans et demi.

Il me manque, mais je profite de son absence pour laisser fleurir mes chimères. J'organise la douceur, j'écoute des chansons débiles et je taille le bout de gras avec les commerçants du boulevard.

C'est lui qui a le plus changé en trois ans. Le boulevard, je veux dire.

À notre arrivée, il était triste, jonché de papiers, de capsules, hérissé de réfrigérateurs hors service, rehaussé par les tambours rouillés de machines à laver antiques.

Un matelas taché venait parfois compléter l'aléatoire installation. L'étalage de ces objets me serrait le cœur. Je pensais aux gens qui les avaient utilisés, usés jusqu'au bout ; je ne voyais que des vies pénibles et mornes. Les rideaux de fer étaient tirés sur des boutiques fermées pour faillite. Des bars obscurs, aux salles étroites et brunies par l'abandon accueillaient les chômeurs, des messieurs arabes qui avaient troqué le bleu de travail contre celui du costume chinois made in Shanghai. Les yeux s'épiaient ; dans ceux des marchands auvergnats rescapés se lisait la déconvenue haineuse, dans ceux des immigrés la peur et la dignité enfin, dont parlaient les journaux comme s'il s'était agi d'une surprise, d'un colifichet, d'un providentiel effet de réel qui possédait, à les lire, des vertus quasi décoratives.

Je sortais en pantoufles et pourquoi pas en robe de chambre, car j'étais, pour ma part, à l'abri des regards et des jugements. Hors jeu. Témoin timoré de luttes qui me dépassaient, de colères croisées, d'envies de meurtre qui me trouaient le cœur, je traînais le Caddie derrière moi, mon premier nouveau-né sur le ventre, à l'affût. J'entendais tout : « On en a assez comme ça dans le quartier », « Ils laissent courir leurs négrillons partout », « Moi, j'ai jamais eu de problèmes avec les Chinois, c'est les autres ». Allais-je pouvoir continuer longtemps à faire l'autruche ? La tête dans le sable, mon sport préféré. Mais il n'y avait pas de sable sur le boulevard.

Plusieurs fois, il m'était arrivé de laisser en plan un kilo de tomates sur l'étal du marchand « Produits de mon verger » parce qu'une parole abjecte avait jailli d'entre ses bajoues grassouillettes.

Aucun autre fait d'armes à mettre sur le compte de ta rébellion héroïque, brave Sonia ?

J'ai bien peur que non. Je sentais une violence terrifiante, un chagrin inépuisable, une résignation infinie et je ne savais faire qu'une chose : penser à quand j'étais petite, que c'était moins pire, et que, de toute façon, je ne connaissais rien, hormis les caresses de ma mère au réveil.

Les jours de vote, le couvercle de fonte qui me pesait sur le crâne se soulevait de quelques centimètres. Je traversais en trottinant la cour de l'école déserte, comme s'il s'était agi d'un temple du bonheur, du dernier refuge de la sagesse. Et puis le couvercle retombait, certaines fois plus lourdement que d'autres.

– Mais qu'est-ce que tu crois ? me demande Julien.

Je crois au bonheur, mais je n'ose pas lui dire, car je sais que, cette fois encore, c'est ma lâcheté qui parle.

L'été, c'était différent. Les tongs des Maliennes semblaient enfin appropriées. Je n'avais plus à craindre que leurs orteils se couvrent d'engelures. Le soleil et la chaleur justifiaient à eux seuls l'oisiveté forcée du quartier.

Qu'a-t-on de mieux à faire que poser un pliant sur le large trottoir et lire *L'Équipe* à l'ombre des acacias aux feuilles vert tendre ? Une brise légère balayait les rameaux souples et on se surprenait à chercher la mer en contrebas. Il suffisait que le mercure monte à vingt pour que l'on se croie à Marseille. Les enfants qui jouaient dans la rue n'avaient plus l'air abandonnés, ils étaient libres, et la pénurie de chaussettes se changeait en bénédiction. À chaque fois que je quittais les hauteurs pour le centre de la ville j'avais pitié des garçonnets en bermuda et souliers lacés, des fillettes en robe serrée au col et sandalettes vernies, des bébés emmaillotés qui pleuraient dans leur poussette dont le parasol mal orienté ne les protégeait pas de la canicule.

Mais, comme je vous le disais, le boulevard a beaucoup changé en trois ans. Je ne saurais fixer une date. Les premiers signes sont passés inaperçus. Un matin, je n'étais plus seule à la terrasse du Bar des Alouettes. Timidement, j'ai levé les yeux vers les nouveaux clients. *Libération* plutôt que *Le Parisien*, des tartines en plus du café noir, des jeans trop larges et des chemises ouvertes sur des tee-shirts élimés, des baskets très chères aux pieds, des sourires d'esprits calmes qui ne connaissent d'autres contingences que celles de s'épanouir tranquillement. Souvent, un cahier et un stylo encombrent la table en plastique blanc. Ce sont des écrivains, des scénaristes. Les filles sont incroyablement jolies. Je me demande ce qu'il y a avec leur corps. Un truc nouveau. Elles ont de gros seins et des cuisses fuselées emboîtées dans leurs hanches étroites. Ce sont des comédiennes. Leurs sourires sont si larges. Ils prennent toute la place. Leurs bras s'agitent langoureusement autour de leur visage. Leurs yeux roulent, basculent, se ferment. Elles font comme si elles n'avaient pas conscience de la caméra, sauf qu'il n'y a pas de caméra. Elles parlent fort et disent des chose drôles qui font rire les garçons affalés, les pieds sur la chaise en face, cool, très, très cool. J'ai l'impression d'avoir quatre-vingt-dix ans. J'ai arrêté d'aller au Bar des Alouettes. Je prends mon café à la maison après avoir déposé Moïse à l'école.

Deux ans plus tard, je lirai dans un magazine un article sur la mutation du quartier. Suite à la chute des prix de l'immobilier dans les arrondissements périphériques, les jeunes nidifient plus loin du centre. Une population sympathique et bigarrée vient égayer les soirées de Belleville, dont les terrasses ne désemplissent pas jusqu'à deux heures du matin. Comme souvent, j'ai du mal à savoir ce que j'en pense.

Je me demande comment font les autres. Dès qu'un jugement se forme dans mon esprit, une brigade de neurones surarmés organise la contre-offensive. Je ne suis bonne qu'à constater. Je me rends compte que l'atmosphère caille certains jours, comme un bol de lait dans lequel on aurait fait tomber une goutte de citron.

C'est ce qu'on appelle la cohabitation, je suppose.
J'ignore pourquoi, cela me plonge dans des abîmes de
perplexité. Sans doute parce qu'il m'est difficile de déci-
der à quel groupe j'appartiens, de reconnaître notre
plus petit commun dénominateur. Je n'y perçois le plus
souvent que la tragédie de l'incompréhension. Sur ce
terrain je me sens comme un ballon passant de main
en main, attiré, reçu, puis rejeté. Je comprends, oui, je
comprends tout, et je les comprends tous : les Français
parce que j'ai lu Balzac, Victor Hugo et Flaubert, les
Arabes parce que j'ai été bercée par la voix d'Oum
Kalsoum, les Vietnamiens parce que j'en connais un
rayon en souffrance génocidaire, les juifs parce que je
le suis, les catholiques grâce à Flannery O'Connor. Je
m'identifie à chacun sans jamais me sentir chez moi, à
l'aise avec aucun. Ils me sont tous étrangers et familiers,
car je ne suis ni tout à fait française, pas davantage
arabe, certainement pas vietnamienne, juive si peu et
catholique encore moins. Je reste à la lisière. J'en ris,
sans attendre l'impossible réconciliation. J'en ris
comme le jour où, à la pharmacie, je me suis trouvée
tour à tour dans la peau de deux étudiants de yeshiva
et dans celle d'une grande beauté fantasque, écume
scintillante prélevée sur le bouillon de la mode parisienne.

L'officine est pleine à craquer. Les clients tanguent
d'un pied sur l'autre pour soulager l'ankylose. Ils ne

trouvent pas de répit, car outre la chaleur qui règne dans la boutique, la peur de se faire doubler dans la file d'attente leur tord les tripes. Ils s'observent, se lancent des regards manifestement aimables, mais suspicieux dans le fond. Arrivent ex aequo au comptoir deux jeunes religieux juifs et une femme aux grands cheveux ondoyants. Face à eux, deux pharmaciennes exténuées les questionnent. Les deux jeunes religieux parlent mal le français ; c'est long et douloureux pour les gens qui attendent. Je sens une vague d'antisémitisme enfler dans les rangs. En revanche, ils communiquent entre eux dans un anglais somptueux et je me délecte à les écouter. Je suis au bord d'intervenir dans leur transaction lorsque mon attention est attirée par l'autre cliente, celle aux grands cheveux ondoyants. La pharmacienne lui demande si elle ne souffre pas trop de la chaleur. C'est sans doute une habituée dont on ne peut tamponner l'ordonnance sans faire l'effort d'une conversation. La femme aux cheveux merveilleux réfléchit un instant avant de répondre. Je suis – je ne sais pourquoi – pendue à ses lèvres. Si, à cet instant, je devais piétiner un de mes congénères pour mieux entendre, je n'hésiterais pas une seconde. Et j'ai raison, car, lorsqu'elle parle, je ne suis pas déçue. Elle dit :

« La chaleur ne me dérange pas. J'ai appris à la tolérer. Les ruisseaux de sueur qui coulent le long de mon corps ne m'incommodent guère. Ils remplissent leur fonction. » La pharmacienne lui sourit, gênée. Elle n'a jamais entendu parler d'une chose pareille. Des « ruisseaux de sueur », à quoi cela peut-il bien ressembler ? En revanche, j'en suis convaincue, les deux religieux ont très bien compris de quoi il s'agit. Tout d'abord parce que, vêtus comme ils le sont – maillot à franges rituel, chemise fermée sous le menton, veste noire et long pardessus de lainage –, ils sont familiers de ce genre de cours d'eau. Mais aussi parce que, vivant dans l'abstinence, ils ont l'oreille aiguisée aux désirs et l'imagination rapide. Quant à moi, qui ne vis pourtant pas dans l'abstinence et porte des dos nus je suis transportée d'émotion par cette phrase. Je sens les ruisseaux de sueur couler le long de mon propre corps et je m'en réjouis. Je ne sais comment rendre grâce à la Parisienne aux cheveux fous qui m'a offert cet instant de volupté.

Je disais donc que j'organise la douceur. Moïse chante « Une poule sur un mur », assis en tailleur dans le préau de la maternelle, tandis que Nestor pousse d'indéchiffrables geignements, les yeux mi-clos, amolli dans mes bras. Par la fenêtre, je regarde l'acacia-boule de la cour, qui n'a jamais été taillé.

M. Créton, notre voisin du quatrième, président du conseil syndical, avait contribué au déracinement du marronnier centenaire qui, selon lui, assombrissait nos logements à cause de son feuillage trop fourni. « Un acacia-boule, c'est plus distingué et au moins, c'est

contrôlable. Il ne dépassera jamais le premier étage. »
Le jour de l'arrachement, il faisait une chaleur étouffante et lorsque le bulldozer avait écrasé le tronc entre ses mâchoires afin d'achever le travail des scies, le cœur de l'arbre avait poussé un hurlement funeste. J'en avais eu les larmes aux yeux.

À présent, je me console en constatant l'inanité des prévisions de notre cher voisin. L'acacia-boule, le gentil petit arbre nain, mû par je ne sais quel orgueil végétal, a déjà atteint le deuxième étage et ses rameaux indomptables viennent chatouiller le fer forgé de mon balcon du premier.

Je me félicite de cette subtile rébellion, en imaginant le récit que j'en ferai dans ma première lettre à mon amoureux exilé, lorsque la sonnette retentit. Je dépose Nestor dans son berceau en prenant garde de ne pas le réveiller et je me dirige lentement vers la porte, rêvant d'une excellente surprise : un bouquet de roses de Caen, un chèque de mon éditeur...

C'est M. Dupotier.

En pyjama rayé, debout face à moi, maigre comme un héron, il a l'air désorienté. Ses mains tremblent, serrées l'une contre l'autre, sa tête dodeline dangereusement.

– J'ai perdu mon fils, me dit-il.

Je ne savais pas qu'il en avait un. C'est comme un bonjour/au revoir mais en plus triste. Immobile, il me

fixe, les yeux ronds, et je me demande s'il n'est pas
plutôt en train de perdre la tête. Je connaissais vague-
ment l'histoire de sa vie. Frère de l'architecte qui avait
construit notre immeuble, il y avait toujours vécu. À
vingt-cinq ans, il avait hérité de la droguerie rue de
Ménilmontant, que j'avais toujours connue murée.
C'était une minuscule maison au toit pointu, tout droit
sortie d'un livre pour enfants. Sur le fronton, au-dessus
des fenêtres aveuglées par les parpaings s'inscrivait en
arc de cercle l'obsolète mention *marchand de couleurs*.
Toute sa vie, M. Dupotier, si terne, aux paupières de
kraft froissé, avait vendu des couleurs. J'imaginais un
instant feu Mme Dupotier derrière la caisse, le front
orné de tous les beaux cheveux qu'elle avait perdus,
comptant des billets de banque de ses longues mains
osseuses et faisant tinter les sous dans le tiroir-caisse,
tandis que son mari empilait des bidons de peinture
jusqu'au plafond. Jamais je n'avais envisagé qu'ils aient
pu avoir une descendance. C'est sans doute pour cette
raison que la mort de Noiraud m'avait tant affectée.
Lorsque le chien était mort, je m'étais dit que c'était
ce qui pouvait leur arriver de plus désolant.

– Quel âge avait-il ? ai-je demandé, plus pour pro-
voquer une réaction chez le vieillard inerte que par
curiosité.

– Soixante ans, ma petite dame. Il a eu une attaque.
J'ai eu envie que Julien revienne tout de suite, qu'il

43

jaillisse du plancher à mes côtés pour prendre la situation en main. Il aurait sans doute trouvé le mot juste, préparé qu'il était aux catastrophes les plus diverses. Mon optimisme était désarmé.

— Venez, ai-je dit, je vais vous raccompagner.

J'ai pris M. Dupotier par le bras. Après avoir vérifié que les clés de mon appartement se trouvaient en sécurité au fond de ma poche, j'ai refermé la porte, priant pour que Nestor ne se réveille pas.

À vitesse de cortège funèbre, nous avons traversé le palier. La tête de M. Dupotier balançait du oui au non. J'ai pénétré chez mon voisin, la peur au ventre, comme soudain transportée dans les pantoufles de la femme de Barbe-Bleue au seuil du cabinet interdit. C'était entre ces murs incolores, dans le confinement muet des tapis, sous les rayons du soleil brouillé par les rideaux sales, que la mort avait décidé de frapper une fois de plus.

Je savais que le fils ne vivait pas chez ses parents ; je ne pouvais pourtant m'empêcher de craindre la rencontre avec son fantôme à chaque porte que nous passions. Sans savoir lequel de nous deux guidait l'autre, on s'est retrouvés dans la chambre à coucher. Un énorme lit de bois sombre, jonché d'édredons en désordre et de draps tire-bouchonnés, occupait presque toute la pièce. M. Dupotier s'est allongé. Je l'ai aidé à poser ses pieds, sans toutefois trouver le courage de lui retirer ses savates, et je me suis demandé si lui aussi avait décidé d'en finir. Imaginons qu'il meure à l'instant, que serais-je censée faire ? Lui fermer les paupières, comme à la télé ?

– J'ai froid, a-t-il dit d'une voix fluette.

J'ai dégagé une couverture et j'ai recouvert son corps.

– Vous voulez pas me rallumer ma chaudière ?

– On est en juin, monsieur Dupotier.

Je n'avais vraiment rien de mieux à lui dire ? Rien de plus réconfortant ?

– Oh, ce que j'ai froid.

Je l'ai laissé un instant pour me rendre dans la cuisine. Son appartement était l'exacte réplique du mien. Sauf que chez moi, l'air était transparent, les murs blancs, les lattes du parquet dorées.

La cuisine était pire que le reste. Lorsque j'ai poussé la porte, une armée de cafards a songé battre en retraite avant de renoncer. En eux – comme c'est étrange de penser à l'intériorité d'un cafard ! Mais au point où j'en étais, cela tenait du divertissement – en eux, disais-je, l'instinct de fuite le disputait à l'intelligence de la situation : pas de danger à attendre d'un vieillard à moitié aveugle qui les avait depuis longtemps convertis en motif de papier peint. Les bestioles n'étaient certes pas assez futées pour se rendre compte que c'était moi, la grande forme face à l'évier, mais cela ne faisait aucune différence. J'étais plus terrifiée par la moindre de leurs

antennes qu'ils n'auraient pu l'être par cinquante bon-
bonnes de Baygon.

J'ai fait le flou pour annuler le grouillement des blat-
tes et trouver la force de lever le bras vers les manettes
de commande de la chaudière. Le commutateur orné
d'une flamme était si poisseux que j'en ai eu un haut-
le-cœur. J'ai détourné la tête tandis que mes doigts
dégoûtés faisaient pivoter la longue vis sur son axe.
Comment aurais-je pu prévoir que, juste à côté, un peu
en contrebas, à l'endroit où j'avais rangé mon regard
pour éviter que la nausée ne me submerge, se trouvait
une pile de vaisselle sale ? L'ensemble était plutôt ver-
dâtre, les morceaux de nourriture s'étaient incrustés
dans l'éponge qui avait tenté d'en venir à bout ; un
voile gris fondait le tout dans une pérennité statuesque.

J'aurais pu, j'aurais même dû en rester là. Appuyer
sur le bouton d'arrivée du gaz, actionner le biniou à
étincelles et fuir sans attendre, aussi loin que possible,
ne fût-ce que dans mon propre appartement, mon
appartement si propre, qui ne faisait qu'accueillir la vie
et d'hypothétiques bouquets de fleurs. J'aurais – il est
vrai – abandonné le vieux. Mais que pouvais-je pour
lui (à part allumer sa chaudière) ? Il aurait fallu que je
me mette à parler son langage. « Mon petit monsieur,
quel grand malheur qui vous est arrivé là. Si c'est pas
dommage tout de même. Votre brave toutou, et puis

votre chère dame, et maintenant votre garçon. Ça, c'est pas de chance. »

Je suis donc restée dans la cuisine et j'ai fait ce que je n'aurais pas dû. Ouvrant mes narines, que j'avais maintenues hermétiquement fermées jusque-là, j'ai inspiré, les yeux plongés dans un tas de vert-de-gris.

Il n'est pas exagéré de parler de suffocation. J'ai pensé que c'était peut-être ça, cette odeur, qui les avait tués les uns après les autres.

Une minuscule flamme bleue s'est dressée dans l'ouverture de la chaudière et j'ai relâché le bouton pour bondir hors de la cuisine. Il ne fallait surtout pas que je m'évanouisse. Une tache noire, comme une mare d'huile de vidange, flottait devant mes yeux. J'avais les jambes coupées et le cœur tremblant. Je m'en voulais d'avoir accueilli cette vision, d'avoir laissé cette odeur pénétrer en moi. Que pouvait bien signifier mon existence, séparée de celle-ci par un maigre mur de vingt centimètres d'épaisseur ? À quoi cela servait-il de récurer les casseroles, de blanchir les draps si, sur le même palier, sous l'unique toit, un être vivant de mon espèce marinait, famélique, dans un bocal envahi par la vermine ?

Le soir venu, je tentai, dans une confusion pitoyable, de faire comprendre à Julien l'étendue de mon désarroi. J'avais été odieuse avec les enfants. Moïse, repoussant son assiette de purée, l'avait vue voltiger à travers la cuisine. Nestor, effrayé par le fracas de la vaisselle sur le mur, avait fondu en larmes avant de se faire expédier au lit sans terminer son biberon. Ils dormaient à présent, en boule dans leur lit, le dos encore agité des sanglots qui étaient venus à bout de leur colère. Je les avais punis injustement et je bouillais de rage, partageant leur indignation qui faisait remonter dans ma mémoire le souvenir intact que j'avais gardé de la cruauté épisodique de mes propres parents.

— On ne peut pas vivre comme ça, dis-je à Julien. Je voudrais me transformer en termite.

— Qu'est-ce que tu racontes ?

— Les insectes sont mille fois plus sages que nous. Ils ne connaissent pas l'iniquité. Ils s'entraident et poursuivent le même but. Ils travaillent chacun au bien-être de leur groupe.

— Si tu étais un termite, a gentiment répondu Julien, je ne pourrais pas t'aimer.

Il en sait davantage sur la vie des animaux que moi, je dois le reconnaître.

— Si tu étais un termite, a-t-il répété, tu serais la reine pondeuse, et moi, je ne serais qu'un ouvrier stérile dont le seul souci est de construire une termitière solide. On ne se refait pas. Je suis né pour bâtir des maisons.

— Bon d'accord, pas un termite, si tu veux. Des loups plutôt. Pourquoi ne sommes-nous pas des loups ?

– Si j'étais un loup, j'aurais treize femmes, et je ne crois pas que tu serais très contente.

– Je ne plaisante pas.

– Moi non plus. J'essaie seulement de te dire que si c'est l'amour que tu veux – et c'est toujours ce que tu as prétendu vouloir –, tu ne peux pas désirer la justice.

– Pourquoi faut-il que la misère existe ?

– Pourquoi faut-il la nuit ? Le monde a été fait comme ça.

– Tu n'as pas de cœur.

– Alors tu n'as pas de chance.

4

Le gros porc

C'est la cinquième fois aujourd'hui que M. Dupotier vient sonner à ma porte. J'ouvre en réprimant une franche envie de meurtre. Pourquoi s'accroche-t-il ? Il ne lui reste rien. Sa seule occupation consiste à guetter mes heures d'entrée et de sortie, à calquer les gargouillis de son estomac sur mon emploi du temps. M. Dupotier a faim. Du matin au soir.

– Vous auriez pas un petit quelque chose ?

Je vais chercher un paquet de biscuits entamé et le lui tends en souriant hypocritement.

– Merci, ma petite dame, fait-il de sa pauvre voix. Je ne sais pas ce que je ferais sans vous.

Vous crèveriez, pensé-je en secouant la tête, l'air de dire « c'est bien normal, voyons, entre voisins ».

Il faudrait que je lui donne autre chose que des gâteaux et du chocolat, autre chose que des quignons de pain et les croissants entamés des enfants. C'est de potage qu'il a besoin, de blanc de poulet, de compote et de laitages frais. Mais si je commence à me laisser aller sur cette pente, je glisserai jusqu'en bas. C'est inévitable. Je l'assiérai à ma table, je l'adopterai. Il reprendra du poil de la bête et me tressera des couronnes de sainte.

Je ne l'autorise jamais à entrer. Cette règle m'a valu une seconde d'étonnement admiratif de la part de Julien. Je ne saurais dire d'où c'est venu, ce sentiment impératif de frontières, de limites claires du territoire. M. Dupotier ne doit en aucun cas passer le seuil de notre maison.

Les enfants lui font de grands signes depuis le vestibule. Ils l'apprécient énormément. Ils disent « Bonjour, monsieur Dupotier » de leurs voix charmantes ; ils ne sont jamais aussi polis. C'est le seul adulte capable de leur inspirer cette forme de respect. Nestor, qui commence à parler, déploie des trésors d'articulation pour communiquer avec le vieillard dur d'oreille. C'est si touchant. J'en conçois une fierté presque insupportable.

Pour le reste, je veux parler de ma mesquinerie, j'essaie de ne pas trop y penser. Je suis une jeune femme très occupée. Je travaille, j'ai deux enfants. Les justifications ne manquent pas. Chaque fois que je parle de mon voisin famélique à des amis, à ma famille, les gens laissent fondre sur moi un regard tendre, empreint d'admiration et de reconnaissance. Ils auraient la Vierge Marie devant eux qu'ils ne seraient pas plus impressionnés. Je lis dans leurs yeux l'estime qu'ils ont pour moi. J'entends dans leur silence les phrases que leur pudeur les empêche de prononcer : « Tu es si bonne, son seul recours, sa seule joie même. »

Je me garde bien de faire remarquer à mes admirateurs que je ne consens à lui donner que des restes, des aliments sucrés pleins de produits chimiques qui gâtent le peu de dents qui lui restent et achèvent lentement son système digestif déjà mis à rude épreuve par les petits plats que Simone lui mitonne chaque jour.

Car tel est l'arrangement. L'unique héritière Dupotier, qui n'est autre que la veuve du fils décédé deux ans plus tôt, a chargé la gardienne, moyennant une maigre allocation mensuelle, de porter à manger au vieux. À onze heures, Simone monte un café au lait et une tartine beurrée. À dix-neuf heures c'est soit du cabillaud-purée, soit une côte de porc-épinards. Ça sent toujours horriblement mauvais, ça baigne dans une eau mystérieuse, c'est chiche et attristant.

Je me demande parfois pourquoi M. Dupotier ne va pas faire les courses. Il est encore assez vaillant. Il pourrait même prendre ses repas au restaurant, car il ne manque pas non plus d'argent.

Mais il attend dans l'aube, blotti sous sa couette, face à l'horloge. À six heures il ouvre un œil. Il sait qu'il lui en reste encore cinq à patienter jusqu'au petit déjeuner. J'ignore à quoi il pense, quel genre de rêves ont peuplé sa nuit. Vers neuf heures, après avoir amené les enfants à l'école, Julien et moi mangeons des croissants en lisant le journal. C'est à ce moment que M. Dupotier sonne pour la première fois de la journée.

Il est en pyjama, hirsute, ses longs doigts enlacés dans une prière quotidienne. Parfois, au terme de je ne sais quelle tractation muette, c'est Julien qui se lève pour ouvrir, une demi-baguette à la main.

– Tenez, monsieur. Je vous en prie. C'est normal.

Nous n'en parlons pas entre nous. Le tour de la question a été fait mille fois. Il nous est même arrivé d'évoquer son avenir. On se demandait s'il ne vaudrait pas mieux qu'il parte en maison de retraite. Mais la pharmacienne, qui sait beaucoup de choses et pas seulement sur les médicaments, m'a dit un jour : « Sortez-le de chez lui et il meurt dans la semaine. Son appartement, c'est tout ce qui lui reste. C'est comme si vous dépotiez une plante malade. Il n'aura pas la force de reprendre racine ailleurs. »

Les racines de M. Dupotier. Je les imaginais, blanches, filandreuses, s'entortillant le long des pieds de son lit, creusant le plancher, le plâtre, les poutres, péniblement, à bout de sève, vers la cave ruisselante de fuites d'eau, grouillante d'insectes et de rats, vers la terre en dessous,

à laquelle elles s'accrochaient du bout de griffes micro-
scopiques et cassantes.

Quelques jours plus tard, le revoilà. D'habitude,
entre midi et deux, il fait la sieste. Il est une heure
trente et M. Dupotier a très mal choisi son moment.
Je suis en train de m'arracher les cheveux en parcourant
les colonnes du Harrap's.

Pourquoi n'y a-t-il jamais le mot que je cherche dans
le dictionnaire ? Je relis la phrase et j'en comprends la
signification. Je la saisis si bien que je pourrais en faire
une chanson. Mais un terme me manque. Je l'ai sur le
bout de la langue. Je tourne autour. Je relis les sens que
me propose l'épais volume rouge et je n'y trouve que des
substantifs compassés, imprécis. Les mots me déçoivent
et ce n'est pas la première fois.

Je travaille mal ces jours-ci. Je suis en colère parce
que le texte que je traduis, le récit de voyage d'un
ethnologue anglais en Polynésie, j'aurais voulu l'écrire
moi-même. J'en ai assez de me glisser dans les chaussures des autres. Je voudrais m'exprimer. Parler de toutes ces choses qui pénètrent dans mes yeux, dans mon
cerveau et dont je ne sais que faire. Je pense à écrire
des poèmes. Dès que je suis loin de chez moi, à mille
miles de tout stylo ou ordinateur, je compose des vers,
des couplets. Des verbes que je n'emploie jamais se
précipitent, des tournures que je ne maîtrise pas s'orga-

nisent en systèmes d'échos sophistiqués. Des scènes entières se déroulent. Des gens – des personnages devrais-je dire – se parlent en moi. De magnifiques baisers s'échangent au cœur de champs fauchés. Je rentre à la maison, ivre. Lorsque Julien me demande ce que j'ai fait de ma journée, je ne sais que répondre. J'aimerais dire « J'ai été inspirée », mais j'ai honte. Je lui dis simplement que j'ai réfléchi. Je suis reconnaissante du regard qu'il pose alors sur moi. Un regard de complicité. Il aime penser comme d'autres aiment aller à la chasse. C'est sa passion. Il en rêve la nuit. Il me prend dans ses bras, respire mon front, la naissance de mes cheveux, comme s'il cherchait à sentir les effluves de mes idées. Il me relâche et me donne un coup de poing sur la joue qui signifie « Tu es mon sparring-partner ».

Je recule violemment ma chaise qui perd l'équilibre et tombe dans un fracas ahurissant. Je longe le couloir. Au passage j'attrape un paquet de chips qui traîne sur le guéridon et d'un même élan, j'ouvre la porte et tends le sachet.

M. Dupotier a la tête dans les mains.

Lorsqu'il aperçoit les chips, il secoue la tête.

– C'est pas ça, dit-il. C'est pas ça.

Je pense qu'il ne peut plus rien lui arriver, qu'il a vécu le pire.

– Qu'est-ce qui se passe ?

– Il m'a battu.

Le gros porc. Je vais aller le tuer.

– Ce matin, il est venu. Il m'a dit que si je ne me rasais pas, j'aurais affaire à lui.

Je constate que des poils gris et blancs couvrent les joues et le menton de mon voisin.

– Et alors ?

– Alors il m'a battu.

– Vous avez mal quelque part ?

– Non.

– Rentrez chez vous, monsieur Dupotier. Je vais m'en occuper.

– Vous me défendrez ?

– Oui, je vous défendrai.

– Toujours ?

– Oui, toujours. Ne vous inquiétez pas.

Il rentre chez lui. Il me croit. Il pense que je le protège.

Le gros porc. Je tourne en rond dans le salon. J'avise le Harrap's et je me demande si un grand coup sur la tête suffirait à terrasser cet enfoiré.

Il est arrivé trois mois plus tôt. Je ne sais d'où, je ne sais comment. Un matin, il était là, assis dans la loge, torse nu, en bas de pyjama. Je le vois à travers la porte vitrée. Il est énorme. Affalé sur sa chaise comme un poussah, il tire sur une cigarette roulée main en caressant son ventre gras et flasque. Il a le teint cireux, de grosses joues molles. Sa poitrine d'obèse s'étale, indécente. Ses rares cheveux sont longs et coiffés vers l'arrière, plaqués au saindoux. Son menton avance comme celui d'un bouledogue. La première fois que je l'aperçois, je ne connais pas encore ses yeux, je n'ai jamais croisé son regard et je ne peux me douter de l'effroi que j'en ressentirai.

J'apprends que c'est le frère de Simone et qu'elle compte l'héberger quelque temps. Il s'appelle M. Pierre, mais très vite nous l'appelons Simono ; nous le considérons davantage comme une excroissance de la gardienne que comme une personne à part entière. Il a un chien fou qu'il flatte de grands coups de canne dans les flancs et un revolver argenté ; une arme tout droit sortie d'un western.

Un matin, alors que je descendais la poubelle, j'ai entendu des coups de feu dans la cour. Je ne sais ce qui m'a poussée à ouvrir la porte qui mène à l'arrière de l'immeuble. C'est une nouvelle forme de courage qui suit très précisément la croissance de mes enfants. Ma mission sur terre est de les protéger. Un coup de feu dans l'immeuble, c'est aussitôt la menace d'une balle perdue. J'aime autant qu'elle m'atteigne tout de suite plutôt que de l'imaginer se logeant dans le front de mes agneaux.

Nous sommes face à face, le gros porc et moi. À moitié nu, il me regarde, son pistolet à la main. Il n'essaie pas de le cacher. Il l'exhibe plutôt, assez fier de lui. Il pose ses yeux sur ma poitrine et, à cet instant, l'idée d'être une femme m'est insupportable. Ses iris verdâtres sont deux flaques de boue. La lippe pendante, il continue de me détailler de son air veule, de son air torve, de son air de type qui a massacré pas mal de bougnoules à sa grande époque, des chinetoques aussi. Il fait passer son flingue d'une main à l'autre et je me dis qu'il n'aurait pas eu ce cran. Finalement il a dû se contenter de dénoncer quelques juifs, mais c'était déjà pas mal. De les savoir en train de cramer tandis qu'il mâchonnait son saucisson, ça lui a fait son samedi. Je voudrais être un judoka invincible, le Kwaï Tchang Ken de la série Kung Fu, un petit dragon du genre Bruce Lee, lui décocher un coup de talon dans la mâchoire, lui dévisser la tête, lui faire sauter les dents, je voudrais lui trancher la gorge et le voir courir comme un poulet décapité.

– Qu'est-ce que vous foutez ? lui dis-je.

– Je m'entraîne, répond-il.

– C'est interdit.

– Qu'est-ce qui est interdit ?

– De tirer comme ça, dans une cour d'immeuble. Il pourrait y avoir un accident.

Il s'approche de moi, sans me quitter des yeux. Son énorme ventre me touche presque. L'odeur de sa sueur pénètre dans mes narines.

– Je suis un ancien de la police, fait-il, un sourire enjôleur aux lèvres. Vous ne le saviez pas, ma petite demoiselle ?

Je n'ose pas lui dire ce que je pense : « Ancien, ça veut dire qu'ils vous ont jeté. Parce que vous étiez un ripou, une tache dans le corps de métier. » Je retrouve ma vieille terreur du gendarme. Mes arguments se perdent sous l'avalanche des chefs d'accusation qui peuvent à tout moment s'abattre sur moi. Pour un peu, je lui tendrais les poignets afin qu'il me passe les menottes.

Je lui claque la porte au nez. Je l'entends penser dans mon dos : « Petite oie blanche, bien dodue, petite bourgeoise effarouchée. Elle a des gentils petits lolos qui sentent le parfum, un joli cul bien tendre. Elle a peur du gros pistolet, la fifille. Connasse de proprio, ça se croit tout permis. »

Je rentre à la maison, en larmes. Julien ne le remarque pas. Je suis obligée de lui signaler que je pleure par quelques hoquets. Je lui raconte ce qui vient de se passer en sanglotant et, comme il ne s'en émeut pas plus que ça, j'ajoute :

– C'est dangereux pour les enfants. Imagine que Moïse se penche à la fenêtre au mauvais moment. Et Nestor, il est à la bonne hauteur pour la gueule du chien. Tu sais que le chien est fou. Un chien fou peut tuer un enfant.

– C'est un pistolet d'alarme.

– Qu'est-ce que ça veut dire ?

– Que ça tire à blanc.

– On peut crever un œil avec une balle à blanc.

– Si on vise très bien, dit Julien en riant.

– Ce n'est pas drôle. Ce type c'est le mal incarné, tu comprends ? Regarde-le en face. Il a des yeux... c'est horrible...

Je me remets à pleurer. Je ne comprends pas pourquoi Julien continue de tracer ses droites à la con, ses angles de merde comme si de rien n'était.

– Le mal est partout, mon chat. Il a droit de cité. Simono est un pauvre type. Il n'a pas de couilles.

Je suis sauvée. C'est idiot. Je regarde Julien qui se dresse face à moi. Il est toujours assis, la tête penchée sur ses plans, mais il se dresse quand même. C'est son âme qui sort de lui, comme une flèche vers le plafond. Je le crois. Je pense qu'il me protège.

5

Le couscous

Nestor a eu trois ans hier et nous avons invité soixante personnes à dîner. C'était une erreur, mais c'était une belle fête. Le lendemain matin je suis forcée de déclarer l'appartement zone sinistrée. Il y a des miettes jusque dans le lecteur de CD, des ballons trop gonflés explosent sans prévenir et je sursaute à chaque fois. Les mégots s'entassent dans la terre des plantes vertes et je dois me convaincre que c'est un engrais comme un autre. J'estime à trois heures le temps qu'il me faudra pour ranger la maison.

Julien est parti à l'aube pour Lille. Il doit transformer un ancien foyer Sonacotra en centre de vacances pour enfants. Je ne sais comment il va s'y prendre.

Alors que j'essayais de m'endormir il m'a parlé du Feng Shui, un ensemble de principes d'aménagement chinois qui permet de transformer les espaces hostiles en endroits accueillants. « Tu peins les angles en rouge, ainsi les flèches secrètes sont neutralisées. Pas de fenêtre en face d'une porte, sinon, il y a fuite d'énergie. » Je pense que c'est un rêve ; l'occulte, c'est mon rayon. Ou bien nous sommes en présence d'un cas de contamination. Je sombre lentement en pensant aux dortoirs pleins de marmots, rangés dans leurs lits, les yeux grands ouverts sur l'obscurité, fixant les flèches secrètes dardées sur eux, en suppliant que leurs parents viennent les chercher dès le lendemain matin.

Vaillamment, je commence par la chambre des enfants en me répétant la maxime menaçante qui était placardée au mur de la bibliothèque de mon lycée : « Un livre mal rangé est un livre perdu. » Chaque jouet doit retrouver sa famille. Si un Lego se retrouve dans le bidon de Clipo, il est foutu : personne ne viendra l'y chercher. Ce genre d'activité me rend animiste. Je suis au bord de parler aux personnages de plastique que je manipule ; je voudrais les rassurer, leur dire que je suis là pour veiller à ce qu'ils aillent dans la bonne boîte.

Certains contes lus dans l'enfance peuvent vous rendre fou à jamais. Pour ma part, je suis sérieusement dérangée depuis *Le Petit Soldat de plomb* et *La Reine des neiges*. Je dois me livrer à une gymnastique intellectuelle sévère pour admettre que les figurines n'ont pas davantage de vie intérieure que les pavés de ma rue (quoique, les pavés...) et qu'une poussière dans mon œil n'est pas un éclat du miroir brisé de la méchante reine, destiné à corrompre mon cœur.

Vers dix heures, alors que j'envisage de passer l'aspirateur dans l'aile gauche de notre palais dévasté, M. Dupotier se manifeste.

– J'ai faim, j'ai si faim.

Galvanisée par mon efficacité ménagère, je considère soudain mon pauvre voisin comme un auxiliaire indispensable à mon entreprise. Soixante personnes n'ont pas réussi à venir à bout du couscous. Pour la première fois depuis le début de notre étrange collaboration nutritive, je vais offrir à M. Dupotier un véritable repas.

– Rentrez vous mettre à table, je vais vous chauffer une bonne assiette de viande et de légumes.

Je n'ose pas dire que c'est du couscous. Cet adorable nom me fait peur. Lorsque je dépose sur la toile cirée le plat multicolore et parfumé, je crains que mon hôte se rétracte. Je l'ai déjà entendu, de sa voix si gentille, proférer des horreurs sur le Bassin méditerranéen.

– C'est trop, ma petite voisine. Vous êtes si bonne.

Je pense qu'il n'y a pas de quoi se vanter. Transformer un de ses concitoyens en poubelle n'a jamais permis à personne de décrocher l'ordre du Mérite. Afin de pousser la bonté plus loin, je décide d'accompagner stoïquement le repas du vieux. Je m'assieds face à lui et fais la conversation sans prendre garde aux horribles bruits de succion, de déglutition, au bouillon qui dégouline sur le menton et tache le pyjama. Mais j'y renonce assez vite. J'ai mon ménage à faire, comme disent les dames dans la queue du supermarché.

– Vous m'apporterez l'assiette quand vous aurez terminé. Bon appétit.

Il me sourit, une écharpe de céleri délicatement enroulée autour d'une de ses longues dents de cheval.

Comme souvent, j'avais raison d'avoir peur. C'est à cause du couscous que tout a commencé. Je veux dire que c'est à cause du couscous que tout s'est aggravé, radicalisé. Sans ça, j'aurais peut-être pu continuer à me bercer d'illusions sur l'humanité.

Moïse, mon grand Moïse de six ans et demi, est plus avancé que moi. Un soir d'élections, il m'a demandé : « Si l'extrême droite est élue, est-ce qu'on partira tout de suite ? » J'ai répondu : « Elle ne sera pas élue. » Alors il a répété : « Mais si elle est élue, on partira, tout de suite, hein ? Sans faire les valises. » J'ai lu l'angoisse dans ses gros yeux ronds et j'ai pensé qu'il en savait plus que moi sur la méchanceté. Il tient de son père. Il ne s'efforce pas de se convaincre bêtement, comme son imbécile de maman, que deux et deux font cinq parce que c'est plus joli.

Lorsque M. Dupotier m'a rapporté l'assiette, il avait l'air en pleine forme. Les joues presque roses.

– Je me suis régalé. Un grand merci, ma petite voisine.

En glissant ses couverts dans le lave-vaisselle, j'ai commencé à sentir des palpitations d'anxiété. Un tas de préceptes venus de je ne sais où m'ont assaillie : Il ne faut pas gâter les enfants. – Un bébé trop bercé ne trouve plus son sommeil au lit. – Tu donnes le doigt et on te bouffe le bras. M. Dupotier ne se contenterait plus, à partir de ce jour, de pauvres biscuits rassis et de chips molles. Il exigerait du couscous à tous les repas. Il viendrait réclamer son dû dès qu'un parfum d'oignons frits se glisserait sous sa porte.

Il ne te reste plus qu'à ouvrir une soupe populaire, ma vieille. Bien joué. J'allais régler la paix de mon âme au prix fort.

Comme souvent, j'étais assez loin de me douter des conséquences dramatiques qu'aurait mon geste.

Le lendemain matin, une pancarte était punaisée à la porte du bonhomme : IL EST INTERDIT AUX PERSONNES DE L'IMMEUBLE DE NOURRIR M. DUPOTIER. Tracées au Bic, les majuscules tordues trahissaient une main peu rompue à l'écriture.

Je suis restée quelques minutes, sur le paillasson, stupéfaite. J'ai pensé aux panonceaux fixés aux enclos des zoos. IL EST INTERDIT DE NOURRIR LES ANIMAUX.

Moïse et Nestor adorent se promener à la ménagerie de Vincennes ou du Jardin des Plantes. Je les y emmène très volontiers, non seulement parce que j'aime leur faire plaisir, mais aussi parce que j'éprouve une curiosité presque métaphysique à regarder les bêtes, à sentir leur odeur, à étudier leurs mouvements. Je ne résiste jamais à la visite d'un zoo et je suis assez calée dans ce domaine. Le zoo de Londres, celui du Bronx à New York, ou de La Palmyre, près de Saint-Palais, le miniparc animalier de la Tête d'Or ou des jardins de la Pépinière près de la place Stanislas à Nancy. Je les compare, toujours amicalement. Les ours ont l'air assez malheureux à tel endroit, mais les pélicans s'en donnent à cœur joie. Je sais que, pour nombre d'individus, les zoos sont les endroits les plus tristes de l'univers ; ils en viendraient presque à soupçonner les amateurs de mon espèce de voyeurisme sadique. Ils adorent quand, à la fin de *La Planète des singes*, les hommes se retrouvent derrière les barreaux. Personnellement, j'ai toujours trouvé cette scène absurde et ridiculement dogmatique. Les hommes derrière les barreaux ? Mouais...

Il existe de magnifiques histoires vraies concernant les zoos et leurs directeurs en périodes de crise. L'une d'elles s'est déroulée durant la Seconde Guerre mondiale. M. Saito, le directeur du zoo de Tokyo, avait reçu l'ordre de tuer tous les animaux dangereux, car les autorités craignaient, en cas de bombardement, que les lions, les serpents, les alligators et les mygales ne se répandent dans les rues de la ville. M. Saito devait se promener de cages en vivariums, armé d'une seringue, d'un fusil, d'une bonbonne de gaz asphyxiant. Mais il aimait beaucoup ses animaux. Il a donc décidé de les héberger chez lui. Sa maison n'était pas grande, sa femme fut terrifiée. L'éléphant ne passait pas la porte. Les pythons s'ennuyaient dans la salle de bains. Je crois qu'il a fini dévoré par un tigre. J'ignore ce qui s'est passé ensuite, j'ai un problème avec les histoires : je les oublie trop vite pour pouvoir les raconter. J'imagine seulement la maison abattue par un bombardement et un lion filant à travers les rues, effrayant les habitants tandis que les enfants se réjouissent de le voir courir si vite avant de craindre pour sa santé.

J'ai arraché le papier et je suis allée taper à la porte de Simone, légèrement tremblante, craignant de me prendre une balle de revolver entre les deux yeux.

– Qu'est-ce que c'est que ça ? lui dis-je en tendant la feuille froissée.

Je remarque que Simono n'est pas dans la loge et je respire plus librement.

– C'est toi qui lui as donné du couscous ? me demande la gardienne d'une voix geignarde et furieuse à la fois.

– Parfaitement. Et je lui en redonnerai, figure-toi, parce qu'il meurt de faim, ce vieux.

– Ça se voit que c'est pas toi qui as tout nettoyé, hurle Simone. Ça lui a donné la diarrhée, ta bouffe. J'ai autre chose à faire qu'à laver ses draps, je te jure.

Je suis au bord de capituler. Je me trouve dans la position confortable de la donneuse de leçons, tandis que Simone se coltine les basses tâches.

– C'est pas le problème ! On n'a pas le droit de faire ça. Si je veux donner à manger à M. Dupotier, c'est pas toi qui vas m'en empêcher.

– Mais c'est pas de ma faute, pleurniche Simone. C'est sa belle-fille qui m'a dit de coller l'affiche. Elle veut pas qu'il vous embête. Elle veut pas que les gens de l'immeuble se plaignent.

– Qui se plaint ? Est-ce que je me plains, moi ? C'est mes oignons. Si je n'ai pas envie que mon voisin crève de faim, j'ai quand même le droit de lui donner à manger.

– Non.

– Comment ça, non ? Tu crois quand même pas que je vais me gêner.

Je déchire la feuille sous ses yeux.

– Fais pas ça, Sonia, supplie la gardienne. Je vais me faire attraper par la belle-fille. C'est elle qui commande.

– Personne ne me commande. Donne-moi son numéro. Je vais l'appeler tout de suite.

Simone griffonne les chiffres sur le lambeau de papier que je lui tends. Ensuite elle me regarde, impuissante. Elle n'ose pas, comme elle le voudrait, me remettre à ma place. Sa soumission me fait mal. Elle me raconte une mauvaise plaisanterie sur la lutte des classes.

Je referme la porte de mon appartement, le cœur pourri de culpabilité. Je pense que si j'avais servi de la blanquette au vieux, ça n'aurait pas fait tant d'histoires. C'est cette bouffe d'Arabe qui l'a rendu malade. C'est parce que c'est du couscous que la belle-fille a pris la mouche.

Je repense au regard de chien de Simone, à sa sujétion. Je l'ai humiliée. Je lui ai parlé de toute ma hauteur de jeune femme cultivée, de riche qui a les moyens de refuser la compromission.

Au bout de deux sonneries, quelqu'un décroche.

– Madame Dupotier ?

– Elle-même.

– Je suis la voisine de votre beau-père.

– Ah.

Sa voix, son dégoût, son mépris me glacent. Elle a le pouvoir de changer mon sang en plomb. Je sais immédiatement à quelle tribu elle appartient. Comment ne m'en suis-je pas doutée plus tôt ? La tribu des sans-cœur, des sacs de haine. Je décide de la jouer « gentille fille qui n'y comprend rien » et de la terrasser par ma bonne éducation.

– Je suis navrée de vous déranger, mais je viens d'avoir une petite altercation avec la gardienne concernant M. Dupotier.

Elle ne répond rien. Elle est inerte. Elle doit considérer que le moindre mot serait une perche tendue.

– La situation est délicate, voyez-vous, parce que j'ai trouvé une affichette sur la porte de...

– C'est moi qui l'ai exigé, tranche-t-elle soudain.

Le son de sa voix m'apprend que c'est le genre de femme qui n'aurait pas dédaigné le spectacle d'une mise à mort par guillotine.

– C'est sans doute très difficile pour vous...

– Je ne vous le fais pas dire.

Changement de tactique. Elle a opté pour l'agressivité.

– J'habite en banlieue. Je travaille et je n'ai pas de temps à perdre avec ça.

Je suppose que par ÇA elle désigne son beau-père.

– Je comprends, dis-je, au bord de la capitulation. Mais moi aussi, voyez-vous, je travaille.

Dans quelle joute idiote me suis-je lancée ?

– Venez-en au fait, je vous prie, mademoiselle. Je n'ai pas que ça à faire.

Cette fois-ci, le ÇA, c'est moi.

– Je voulais juste vous dire que ces méthodes, enfin, comment dire ? C'est extrêmement choquant de voir une telle affiche placardée dans l'immeuble.

– Moi, tout ce que je veux, c'est qu'il ne vous embête pas, fait-elle, radoucie.

– Il ne nous embête pas, madame. Il a faim.

– Écoutez, je donne suffisamment d'argent à la gardienne pour qu'elle le nourrisse. Il n'y a pas de raison qu'il demande la charité.

– J'ai arraché le papier.

– Comment ?

– J'ai déchiré le papier sur lequel Simone avait écrit qu'on ne devait pas le nourrir. Je trouve ça indigne.

– Mais comment voulez-vous que je m'en sorte ?

– Pourquoi n'appelez-vous pas les services sociaux de la mairie ?

– Pas le temps.

– Je m'occupe de toutes les démarches. C'est moi qui vais aller faire la queue à la mairie. Vous, vous n'aurez qu'à signer. Je vais trouver quelqu'un pour s'occuper de lui correctement.

– Si ça vous amuse !

Elle raccroche sans un mot de plus.

Je me ronge les ongles. J'ai envie de pleurer, mais j'ai aussi envie de briser le crâne de cette conne avec une batte de base-ball, de lui verser de l'alcool à 90° dans les narines. La haine est contagieuse, voilà le problème. Elle me l'a refilée comme un rhume et maintenant j'en suis pleine. Je pense qu'à force d'avoir des envies de meurtre, je vais me retrouver en prison, et je songe à la dernière scène de *La Planète des singes*.

Au bout de trois quarts d'heure passés à écouter la *Lettre à Élise* le téléphone sous le menton, j'obtiens le service concerné. J'expose les faits à une dame très compréhensive mais qui s'acharne néanmoins à me demander toutes les trois minutes : « Mais qui êtes-vous ? Une parente ? – La voisine, réponds-je, seulement la voisine. » Ce malentendu ne nous empêche pas d'ouvrir un dossier et de considérer l'avenir de M. Dupotier sous un jour plus optimiste. Mme Corsotti, qui m'assure qu'elle va tout faire pour arranger les choses, est un ange.

J'en suis là, à tracer de grandes lignes de partage de la Terre à la Lune, pour calmer mes nerfs. D'un côté les anges avec Mme Corsotti en tête de cortège, de l'autre, les démons, avec en chef de file la veuve Dupotier. C'est comme si j'étais au théâtre. Je les vois tous et toutes à la queue leu leu et ça m'apaise de distinguer les bons des méchants.

Simono le gros porc, à droite, M. Lakrach le boucher d'en bas, à gauche, la contractuelle lepéniste avec qui je me suis engueulée la semaine dernière, à droite, Jenny la gardienne de l'école maternelle, à gauche.

Les choses se compliquent lorsque Simone entre en lice. Je ne sais pas où la mettre : quoi qu'elle fasse, elle garde cette sincérité désarmante, cette volonté de bien faire. Je la vois comme une victime et je me demande quel genre de procureur j'aurais fait. Une grande professionnelle des circonstances atténuantes, voilà ce que je suis. Quant à moi, je ne sais pas non plus où me caser. À gauche quand j'appelle les services sociaux à la place de la veuve Dupotier, à droite quand je profite de mon ascendant sur Simone pour lui faire céder du terrain. À gauche lorsque je donne du couscous à mon voisin, à droite quand j'en ai honte, à droite encore quand je m'avoue que c'est pour éviter de jeter les restes. Cette gymnastique m'épuise et m'atterre. J'ai la conception morale d'un enfant de cinq ans. Pourtant je persiste, et jusqu'au soir je contemple cet horizon debout, la ligne de démarcation qui me permet de vivre, de continuer à penser.

Je n'en parle pas à Julien. Il est de bonne humeur. Après avoir conduit les enfants chez leurs grands-parents, il m'invite à boire un verre dehors, parce que c'est un soir d'automne comme on en rêve, baigné de lumière rouge. Le couchant fait virer les feuilles d'arbre du vert à l'or et leur chute débutante n'est qu'une conséquence chromatique.

Je ne voulais pas aller au Bar des Alouettes, mais Julien m'a convaincue. La terrasse déploie ses tables de plastique sur le large trottoir. Nous commandons des pastis et il me parle à nouveau du Feng Shui, qui – m'explique-t-il – se prononce en fait « feung chouaïs ».

– On va pratiquer des ouvertures à l'est, m'annonce-t-il fièrement.

Je me demande si je ne devrais pas monter immédiatement chez M. Dupotier pour vérifier l'orientation de son appartement.

L'ocre du soleil barbouille le front de mon amoureux dont les yeux brillent. Ses épaules s'élargissent. Il a cet air victorieux si rare, ce sourire conquérant que j'espère toujours voir se dessiner sur sa bouche. Je le regarde et j'oublie ma journée, j'oublie ma vie, je m'oublie moi et mes questionnements sans fin. S'il ne s'appelait pas Julien, il s'appellerait OUI, me dis-je, car c'est un des mots que je préfère.

Autour de nous, ça papote, ça sirote. Il y a des vieux qui veulent faire jeunes et des jeunes qui veulent faire vieux. Je voudrais me réjouir et goûter l'instant pour ce qu'il contient de délices, mais mon esprit vagabonde. Face à mon manque d'enthousiasme, les paroles de Julien se tarissent lentement. Bientôt nous nous taisons et le monde alentour nous envahit. La colère monte en moi, comme un picotement au bout des doigts, un agacement dans la nuque. Je pense à M. Dupotier, à sa belle-fille qui attend qu'il crève avec une intensité atroce.

Je raconte l'épisode de l'affiche à Julien. Je sais que je ne devrais pas, mais c'est plus fort que moi. Je relate dans le désordre les menus faits de la journée, c'est assommant et vain.

Julien chante les premières mesures de *L'Affiche rouge*, les yeux perdus de l'autre côté du boulevard. J'ai l'impression que nous n'appartenons pas à cet univers, à cette époque. Nous n'appartenons pas même à cette saison. J'ai posé sur nos épaules un fardeau de souffrance, et rien ne sert de s'ébrouer. Le fardeau prend vie et s'agrippe à nos omoplates, plante ses griffes dans la maigre chair de nos côtes. Nous faisons, chacun pour soi, le compte de nos pertes. C'est ainsi que nous sommes, condamnés à ne saisir que des allégories, à voir partout la réminiscence des barbaries passées. L'affiche de Simone, les pancartes du zoo, les croix gammées sur les boutiques, *Arbeit Macht Frei*, pelouse interdite, de la plus douce à la plus épouvantable, de la plus naïve à la plus cynique, il semble que ces formules aient toutes le même auteur. Comment s'en affranchir ?

J'ai gâché notre soirée. Maintenant nous n'aurons plus droit qu'à la mélancolie. Je me demande si ce n'est pas un stratagème pour éviter l'amour et je m'accuse aussitôt de penser à outrance. Les regards des clients du bistrot me tuent. Je ne comprends pas où ils se posent, comment ils font pour jouer ainsi. Que ces dizaines de paires d'yeux ne versent pas une larme m'est simplement intolérable. Je voudrais monter sur une chaise pour hurler, leur raconter à tous l'histoire de l'affiche et de M. Dupotier, et puis, pendant que j'y suis, toutes les autres histoires, les abreuver jusqu'au soir d'une liste de tortures, et qu'ils arrêtent de croire au Père Noël, de croire en Dieu, à la paix et à leur confort grotesque.

Julien me toise durement, il sait à quoi je pense.

Consterné, il me tend la main et me dit que j'ai une fâcheuse tendance à me prendre pour Jésus-Christ. J'en ris mais je le hais. Qui m'acceptera si lui aussi me croit folle ?

Nos corps sont durs, nos mentons soudés.

– Il faut que tu arrêtes ça, me lance-t-il.

– Que j'arrête quoi ?

Je comprends parfaitement ce qu'il veut dire, mais je veux justement qu'il le dise.

– Tu ne penses qu'à ça.

Il veut dire que je m'y vautre et c'est cela qui l'effraie, mais je ne l'aide pas à trouver ses mots.

– C'est facile pour toi, tu n'es jamais à la maison. Moi, je suis collée à ma table du matin au soir à faire ces conneries de traductions. Comment tu veux que je le laisse sonner ? Si je n'y vais pas, il recommence dix minutes après. J'ai déjà essayé.

– Écris des poèmes.

– Quoi ?

– Je te dis d'écrire des poèmes.

J'ai soudain envie de m'accrocher une pancarte autour du cou, où serait inscrit : Il est interdit de pénétrer dans mon cerveau.

– Ça ne se fait plus.

– Je ne te parle pas de minijupes. Je te parle d'écrire des poèmes.

– Tu n'y connais rien. Tu es dans ton milieu. Tu ne sais pas comment ça se passe dans le mien.

– C'est faux.

– Jacques Prévert, dis-je très fort.

– Eh ben quoi ?

– Tu ne ris pas ? C'est une blague pourtant. Tout le monde rit quand on parle de Jacques Prévert. C'est un truc que les institutrices continuent de donner aux enfants comme si c'était bon pour la croissance, mais, à part elles, tout le monde se fout de lui.

– Et alors ?

– J'ai tout dit. J'ai fini de parler.

– Tu triches. En plus, moi j'aime bien Jacques Prévert.

– Je te dis que ça ne se fait plus. C'est tout. Et puis, je suis une fille. La poésie de fille, ça craint. Je ne sais pas pourquoi on parle de ça.

– Parce que j'ai envie de parler d'autre chose que de M. Dupotier.

Je baisse la tête. C'est vrai. On ne parle que de lui, Julien et moi. Et des enfants aussi. J'ai honte pour notre amour, notre pauvre amour déplumé.

6

Les artistes

J'aimerais tant me promener. Le ciel est d'un bleu parfait, peint à l'encre. Depuis ma chaise, le dos collé au radiateur, je regarde les longues branches noires des acacias sans feuilles. On dirait des pattes d'araignée, gracieuses et agiles, surprises en train de trottiner dans l'atmosphère. Mais il fait trop froid. L'air nous fabrique des joues d'acier, des doigts de bois. On marche cent mètres et les yeux commencent à pleurer. On se sent transpercé, nu.

Hier soir, nous sommes rentrés à deux heures du matin d'un dîner très ennuyeux, dont il était pourtant impossible de partir. J'ai espéré jusqu'au dernier instant qu'un des convives allait se mettre à parler normalement, à rire, ou simplement à renifler. Nous étions dix à table et chacun luttait pour exister avec une âpreté décourageante. Il n'était question que de travail et d'argent. L'enjeu, je ne l'ai pas compris. Comme j'ai déclaré forfait dans la première demi-heure en demandant un verre d'eau alors que tout le monde buvait de la vodka, j'ai commencé à me dissoudre assez rapidement.

En sortant, j'ai embrassé Julien, comme si on ne se connaissait pas, comme si nous nous étions rencontrés à cette affreuse soirée. Et ça a marché. Le frisson autour du nombril.

Devant l'immeuble, Simone balançait de grands seaux d'eau sur le trottoir. Elle n'était vêtue que d'un tricot à trou-trou et d'une jupe qui s'arrêtait au-dessus du genou, pieds nus dans ses savates, comme en plein été. La vapeur dégagée par le contact du liquide chaud et mousseux avec le macadam glacé l'enveloppait d'un nuage irréel.

– Qu'est-ce qu'elle fout ? a dit Julien.

– Ça se voit, ai-je répondu, elle fait le ménage.

Simone, qui est incapable de passer l'aspirateur dans l'escalier, récurait le trottoir à deux heures du matin par moins cinq.

– Elle doit être complètement bourrée.

Julien s'y connaît en alcooliques, il en a eu plusieurs dans sa famille. Moi, j'oublie toujours que ça existe ; ma fameuse méthode pour trouver le monde plus beau. J'ai été rassurée car j'ai dans l'idée que boire donne chaud. Simone était pleine de vin, de whisky, de calva, de toutes sortes d'antigels qui la protégeaient de la pneumonie.

— Ça va les artistes ? nous a-t-elle lancé.

Et j'ai pensé qu'elle nous aimait bien, finalement.

— Et toi, t'as pas froid ? lui a demandé Julien.

— Ça réchauffe, le balai. En plus y a Niniche qu'est à l'hosto. Une double cirrhose qu'elle a. Ça lui a fait exploser ses varices. C'est moi qui me tape tout le turbin.

Niniche. C'est donc ainsi que s'appelait l'esclave de Simone et Simono. Elle était apparue dans l'immeuble un peu avant Noël. Nous n'avions pas remarqué sa présence car son visage nous était familier. C'était une bonne femme du quartier. Quelqu'un qui nous disait bonjour, à qui nous disions bonjour et qui donnait à nos enfant des surnoms incongrus comme Rododo, ou Toquemou. Elle était petite, légèrement bossue et ressemblait à un des nains de Blanche-Neige dans le dessin animé de Walt Disney. Non, plutôt à deux nains. Quelque part entre Atchoum et Simplet. Son teint était particulièrement repoussant, du pâté de foie avarié. Adepte de la même teinture ammoniaquée que Simone, elle en maîtrisait moins subtilement les effets, si bien que sa chevelure desséchée s'apparentait aux toupets des épis de maïs lorsqu'ils ont été cueillis depuis trop longtemps. Ses yeux tombants, jaunâtres, bordés de paupières fatiguées, louchaient dans l'impossibilité de faire le point. Elle avait un regard de folle et parlait au chien de Simono d'une voix excédée, comme s'il avait été son seul enfant et la déception de sa vie.

Depuis quelques semaines, elle traînait dans la cage d'escalier un chiffon sur l'épaule et un bidon de produit à vitres dans la poche de sa blouse. Elle donnait un petit coup par-ci, un petit coup par-là. Son activité spasmodique était sans lien avec les taches ou la poussière, c'était un geste réflexe que son corps avait besoin d'accomplir. Lorsqu'elle levait le bras pour dessiner des arcs-en-ciel de crasse sur les murs, sa bouche souriait mollement et ses sourcils, tendus dans l'effort, dessinaient un accent circonflexe. Niniche faisait tout le boulot, c'est-à-dire pratiquement rien, car Simone avait une conception très sommaire de l'hygiène.

– Pauvre Niniche, a simplement dit Julien.

La gardienne a haussé les épaules.

– L'avait qu'à pas tant boire.

À la maison, ça sentait encore les pommes dauphine et la côtelette. Il faisait chaud et Amandine, qui gardait les enfants, s'était endormie. Avant d'aller me coucher j'ai fait le tour de la maison en garde champêtre, les mains au dos, le pas légèrement martial. J'ai vu le front de mes enfants luire comme des ballons de mercure dans l'obscurité. J'ai écouté leur souffle et respiré leur odeur. J'ai repensé à ce que m'avait dit Julien. Écrire des poèmes. Pourquoi pas ? Mais de quoi parleraientils ? De la peau de mes fils, du baiser que je dépose au creux de leur paume quand ils sont endormis, des mains de Julien, de son cou fragile, des billes noires et opaques qui lui font l'œil méfiant ? Je me sentais à la fois si mièvre et si inspirée que je me serais volontiers tapé la tête contre les murs. Mais je ne suis pas une artiste, quoi qu'en dise Simone ; je ne fais pas de crise de nerfs, mes émotions sont plates.

Assise sur la chaise, le dos contre le radiateur, je regarde les arbres aux pattes d'araignée en attendant qu'une poésie me tombe dessus. Je voudrais être ferme et tranchante, mais je suis trop bouleversée par la beauté du ciel. J'en bascule. S'il ne faisait pas si froid, je sortirais. Je m'imagine des jambes immenses. Les toits des maisons atteignent à peine mes cuisses, en trois pas je traverse la ville jusqu'aux collines de Saint-Cloud, et je m'allonge à la cime des frênes, des hêtres, des peupliers et des platanes, fakir géant, chatouillé par le piquant des branches hérissées. J'entends les bruits de la rue, le commis du boucher sous son capuchon blanc qui jette sur son épaule des quarts de bœuf et des moitiés d'agneau, les voitures qui ronflent, les chiens qui aboient.

Ça commence à tambouriner. Bou-boum, bou-boum, très légèrement, comme si le cœur de l'immeuble s'était soudain mis à battre. Quelques secondes de silence, et ça reprend. La tuyauterie pour les artères, les câbles électriques pour les veines, l'ascenseur en colonne vertébrale, les paliers en poumons, l'escalier pour intestin, autant de fenêtres que d'yeux (certains animaux, des mollusques je crois, en ont jusqu'à trois cents). Je n'entends plus que ça. Je suis donc exaucée. La magie que j'attends, sur laquelle je me concentre depuis mes cinq ans, le miracle de la transmutation advient enfin. L'inanimé s'anime.

– Au secours !

Ça tambourine plus fort et je reconnais cette voix. La tristesse lancinante d'une scie musicale. M. Dupotier appelle à l'aide. Il frappe des poings contre sa porte. Je sursaute. Faites que ce soit la suite du songe. Je me sens incapable d'affronter le moindre danger.

Je sors de chez moi et je demande :

– Qu'est-ce qu'il y a ? N'ayez pas peur, c'est moi.

– Au secours, ma petite voisine. Aidez-moi.

– Qu'est-ce qui vous arrive ? Sortez. Vous êtes blessé ?

Le col du fémur, ça doit être ça. Les vieux ont des squelettes de poussin.

– Je ne peux pas sortir, dit-il en continuant de frapper contre le bois. Ils m'ont enfermé.

– Qui ça ?

– Les gardiens. Ils ont pris ma clé.

Il faut qu'il se calme. Je l'imagine, de l'autre côté. Il va se briser les mains, à force.

– Restez tranquille. Je vais vous délivrer.

Je pense que j'ai dû piquer cette réplique à Zorro ou à Robin des Bois. Malheureusement, je n'ai pas l'étoffe d'un justicier. En l'occurrence, ce qui me manque c'est surtout la technique du cambrioleur. Un treuil, un cric, un pied-de-biche, une épingle à cheveux, j'énumère un à un les ustensiles qui sauveraient la situation. La serrure m'a l'air très compliquée. Submergée par une vague d'admiration pour les voyous que les portes, même blindées, font doucement rigoler, j'opte pour une méthode plus appropriée à mon manque d'expérience.

— Je vais demander la clé à Simone, ne vous faites pas de soucis.

— Merci, ma petite voisine, vous êtes si bonne.

Simone, si bonne, mon esprit poétique s'éveille à contretemps.

Je descends au rez-de-chaussée et je tambourine à mon tour comme une timbrée. Ils vont lâcher le chien sur moi, me dis-je en anticipant la douleur de la morsure mêlée au dégoût de l'odeur que dégage le pauvre animal terrifié. Rien ne bouge dans la loge. J'espère un suicide collectif. L'idée des trois corps gisant sur le plancher me soulage. Non, pas Simone. Pas Niniche. Juste le gros porc, saigné à blanc. C'est la belle-fille qui a fait le coup. Elle passera le reste de sa vie au cachot.

Je perds sérieusement les pédales et je me souviens que je me suis couchée à trois heures du matin. J'appelle

Julien. C'est lui Zorro. C'est lui Robin des Bois. Mon héros. En composant le numéro je pense que les poèmes d'amour d'une femme pour l'homme qu'elle aime sont la chose la plus risible qui existe au monde.

J'ai réussi à ne pas pleurer. Pour me récompenser, il va venir très vite. Il débarquerait dans l'appartement sur un grand cheval noir que je ne serais pas étonnée. Ô Tristan, Ô Hamlet, mon chevalier !

Lorsqu'il passe la porte, la tignasse ébouriffée, si maigre dans son blouson, je crains aussitôt pour sa peau, pour ses articulations, pour son ventre si doux. Je le serre dans mes bras, il me repousse.

— Ils sont là.

— Qui ça ? dis-je bêtement.

— Simone et Simono. Ils jouent aux petits chevaux dans la loge.

— Écoute !

M. Dupotier tambourine à nouveau. Au secours. À l'aide.

Julien secoue la tête.

— C'est ridicule, dit-il.

Je ne comprends pas. Nous sommes sur le point de sauver une vie, et sauver une vie, c'est comme sauver le monde.

— Fais attention à toi.

— Qu'est-ce que tu veux qui m'arrive ? Je vais aller

leur demander la clé. Ils vont me la donner et je vais ouvrir au vieux.

Je vois qu'il est déçu. Il est prêt pour l'embuscade, le sabotage à la dynamite.

Depuis le palier, j'assiste en aveugle à la scène. Les paroles sont hurlées et entrecoupées par les aboiements du chien fou.

– Ouvrez !

– Qu'est-ce qu'y veut le gamin ?

– Le gamin veut la clé de M. Dupotier et vous avez intérêt à la lui donner.

– Laisse, Simone, je vais me le payer. Fous le camp, morveux.

– Donne la clé.

– Je donne rien du tout. Tu la fermes et tu remontes chez toi.

– Je ne bougerai pas d'ici tant que je n'aurai pas cette clé.

– Viens te battre.

J'entends des bruits de porte que l'on pousse ou que l'on tire.

– Barre-toi, je te dis.

– Donne la clé.

– Simone, y veut se battre.

– Sors de là, connard. T'es même pas foutu de te battre de toute façon.

– Tu vas le regretter.

– Donne la clé ou j'appelle les flics.

– Appelle les flics, appelle ta mère, appelle qui tu veux.

– Donne-moi cette clé ou j'appelle la police.

Julien remonte l'escalier quatre à quatre et se précipite sur le téléphone. J'entends les gardiens s'engueuler en bas. Je croise les bras autour de ma poitrine pour m'empêcher de trembler. M. Dupotier continue de tambouriner.

C'est la fin, pensé-je. La police. Je voudrais dire à Julien de ne pas le faire, de ne pas les laisser entrer chez nous. J'ai peur qu'ils trouvent de la drogue, qu'ils nous accusent de battre nos enfants. Les enfants ! Je dois aller les chercher à l'école. Affolée, je mets mon manteau, un bonnet, une écharpe. Il ne faut pas que les gardiens me reconnaissent. Je vais passer en courant devant la loge et, au retour, je dirai à Moïse et à Nestor de se taire. Je les obligerai à se faire tout petits. Je leur raconterai une histoire de loup qui se cache dans l'ascenseur. Ça leur clouera le bec.

Nous arrivons en même temps que les policiers, et Nestor me demande à l'oreille s'ils viennent pour le loup. Les enfants admirent les casquettes à galons argentés, les écussons tricolores, me montrent du doigt les revolvers maintenus par une sorte de cordon de téléphone à la ceinture des deux hommes et de la jeune femme qui nous précèdent, avalant l'étage d'une foulée sportive.

– C'est des vrais ?

– Oui, chuchoté-je.

Moïse ne me croit pas. Il pense que je ne sais plus quoi inventer pour rendre leur vie passionnante. Il est persuadé que j'ai payé des comédiens pour leur faire croire à ma lamentable histoire de loup.

– De toute façon, dit-il, les loups sont en voie de disparition. Victimes des chasseurs, ils ont été décimés sans pitié.

Son petit frère le regarde, méfiant.

– Il ne reste peut-être que celui-là, propose-t-il.

Moïse hausse les épaules, mais son scepticisme vacille bientôt. Lorsqu'il s'approche du chef d'escadron, la main tendue vers son arme, celui-ci ordonne sans le regarder :

– Faites sortir les enfants, s'il vous plaît.

Je les emmène dans leur chambre et leur dis de rester tranquilles.

– Ils vont tuer le loup ? demande Nestor.

– Tais-toi, fait son frère.

Puis, se tournant vers moi :

– Si vous allez en prison, on pourra aller vivre chez Mamie ?

– Moïse, tu es complètement cinglé, lui dis-je. On a

appelé la police parce que M. Dupotier a perdu sa clé.
Il est enfermé chez lui.

Mon fils me regarde, déçu.

Je sors de la chambre, fermant la porte aux men-
songes.

Pourquoi est-il si difficile de dire la vérité ? Quand
on commence à mentir, on ne peut plus s'arrêter. J'ai
pourtant l'impression que mon histoire de loup est plus
proche des faits, plus fidèle à la situation qu'un rapport
objectif sur les événements. Ma syntaxe s'épuise. Il
m'est impossible de raconter simplement ce que je vois,
ce que j'entends, ça ne suffit pas.

Un jour, Julien m'avait parlé d'un mouvement pic-
tural dont je ne me rappelle pas le nom et qui avait
pour unique principe l'arrêt de la peinture ; j'avais ri
aux larmes.

— Tu veux dire que ce sont des peintres qui décident
de ne pas peindre ?

— C'est ça.

— Mais qu'est-ce qu'ils font alors ?

— Diverses choses. Certains sont allés travailler en
usine.

— Tu te fous de moi ?

J'avais tant ri et ça l'avait tant blessé. Aujourd'hui, je
leur dresse une petite chapelle païenne. Aujourd'hui,
moi qui parle à tort et à travers, moi, la pipelette toujours prête, j'ai envie de renoncer à la parole. Les mots

que l'on m'a donnés, ceux dont j'ai hérité, ne conviennent pas. Le monde est une fabrique de métaphores, on ne peut rien raconter droit.

Nous avons fait notre déposition. Notre voisin, M. Dupotier, est séquestré par les gardiens de l'immeuble.

– Holà ! Séquestré ? Attention à ce que vous dites, fait le chef d'escadron.

Il jette un regard amusé et complice à ses acolytes.

– Ils ont pris la clé, précisé-je.

Les trois policiers soupirent mollement ; ils en ont vu d'autres. Nous ne sommes pas une affaire suffisamment spectaculaire. Ils s'ennuient. Il n'y a pas de sang, pas de membres découpés en morceaux. Je me rends compte que, comme nous, mais pour des raisons opposées, ils sont désappointés par leur mission.

Nous avons le même âge, nous aurions pu être en classe ensemble. Le chef, un peu rougeaud, épaules étroites et bassin large, me fait penser à Pascal Trénaux, un type avec qui j'étais en cinquième et qui se fichait de tout, jusqu'au moment où une parole de travers lui restait dans la gorge. Soudain, le sang lui montait au visage et le transfigurait. Tapant des poings, le corps secoué de décharges électriques, il bondissait, se cabrait, hurlait et se jetait par terre. Nous le regardions, ébahis et amusés, un peu effrayés tout de même. « Il a dû beaucoup souffrir dans l'enfance », m'avait confié l'infirmière du collège mais je ne l'avais pas crue. J'avais déjà dans l'idée que la souffrance n'est pas une excuse.

Son comparse est plus petit, tassé, la tête dans les épaules, comme un œuf dans son coquetier. Il a une voix de clairon et un léger accent du Sud. Les pouces dans son ceinturon, il nous regarde, Julien et moi, d'un air goguenard. Il pense que nous sommes des bons à rien, Julien une femmelette et moi une femme, tout simplement.

Celle qui l'accompagne ne me ressemble pas, il est vrai. Les cheveux blonds tirés en queue-de-cheval, elle a le menton en avant des enfants obstinés. Sa carrure est particulièrement impressionnante ; ses mains sont larges, rouges et puissantes. Elle se tient immobile, les pieds légèrement écartés, prête à dégainer, à plaquer au sol n'importe quel salopard pour lui faire une clé.

Une clé, justement.

– Bon, si j'ai bien compris, résume le chef, votre voisin ne sort pas de chez lui et ça vous inquiète ?

– Je n'ai pas votre état civil, coupe la fille d'une voix soupçonneuse.

Nous égrenons docilement nos noms, prénoms, adresse, et situation de famille.

– Profession ? demande-t-elle, réjouie d'avance.

– Architecte.

– Traductrice.

Elle fait un clin d'œil aux deux hommes.

– Des artistes, quoi !

Ils se mettent à rire et bon, c'est pas tout ça, va falloir
le libérer ce vioc.

Cinq minutes plus tard, nous entendons la porte de
M. Dupotier s'ouvrir. Il se jette dans les bras de ses
sauveurs, ne sait comment les remercier. Julien et moi
sortons sur le palier. Il nous baise les mains. Les policiers détournent le regard et, sans un mot, s'en vont
faire quelques petits contrôles d'identité, histoire de
rentabiliser leur promenade sur le boulevard.

Je me laisse tomber sur le canapé, épuisée. Je n'ai pas
versé une larme et pourtant mes yeux sont lavés.

– Ils nous ont pris pour des charlots, dit Julien.

Mais nous entendons des pas dans l'escalier. C'est
Simono qui vient régler son compte au vieux. Je ferme
les paupières. Je voudrais qu'il cesse d'exister, qu'il glisse
sur une marche, se liquéfie, implose.

– Je viens y porter sa bouffe, dit-il à Julien qui est
aussitôt sorti sur le palier.

– Tu touches un de ses cheveux et...

– Fais pas le malin avec moi, p'tit con. Un jour, tu
sauras pas comment, mais moi je saurai pourquoi, tu
te retrouveras raide su'l boulevard. Une balle entre les
deux yeux. J'te raterai pas.

7

Les méchants

M. Dupotier vient me voir. C'est la troisième fois depuis ce matin.

Me revoici au début de mon histoire. Dix mois ont passé et Noël approche ; une période particulièrement féconde en crises de désespoir. La nuit est partout piquée d'ampoules blanches qui dessinent des étoiles et des traîneaux en travers des rues.

Je pense à l'orange, la fameuse orange de Noël, le plus beau cadeau qu'avait reçu un pauvre enfant dont nos instituteurs, à l'école, nous rebattaient les oreilles comme s'il s'était agi d'un saint. Le petit garçon la mettait sous cloche et... La suite, on ne la connaissait pas, je suppose qu'il la regardait pourrir. Fable édifiante s'il en est, censée nous faire venir les larmes et cesser de réclamer des circuits électriques à nos parents démunis.

Dans ma famille, on ignorait Noël parce que c'était

une fête catholique. La naissance de Jésus, pas de quoi en faire un fromage. Nous affrontions les vitrines, l'œil fier. Nous trouvions cruel de scier des sapins qui n'avaient rien demandé à personne, et nous éprouvions un mélange de mépris et d'envie pour le marathon de cinglés qui se ruent sur les guirlandes argentées et les boules écarlates.

Les enfants qui croyaient à la hotte, aux cadeaux tombés dans la cheminée, aux grands rennes s'élançant sous les flocons de neige, nous semblaient exagérément naïfs. Cependant, pour tenir le cap, nous étions forcés de nous inventer des croyances encore plus mirifiques. Peut-être est-ce de là, de cet agnosticisme forcé, que me viennent les fantaisies idiotes qui peuplent encore mon esprit. C'est l'un de mes acquis les plus chers, le droit de pouvoir me raconter n'importe quoi. Les arbres parlent, les cailloux écoutent, le ciel est peuplé de créatures. Personne n'a le droit de me dire que c'est faux car j'ai appris à considérer la réalité sous un angle différent. Il m'arrive pourtant, aujourd'hui encore, de me sentir inadaptée. Je suis prête alors à déployer des trésors de bonne volonté pour me remettre sur le droit chemin.

Un matin d'oisiveté j'ai, dans l'espoir de me soigner, dressé la liste des choses qui n'existent pas et auxquelles je crois, suivie de celles qui existent et auxquelles je ne crois pas. Le résultat m'a effrayée. Dans la colonne CHOSES QUI EXISTENT ET AUXQUELLES JE NE

CROIS PAS, il y avait, par exemple, *le sexe*. Bien joué, me suis-je dit. Voilà une mère de famille qui s'assume. J'ai appelé Bianca, une amie italienne plus âgée que moi, plus sage aussi et plus expérimentée. Elle a eu cent quatorze amants. Quand je lui ai posé la question, elle n'a pas semblé surprise, elle m'a dit « Attends, je prends une cigarette ». N'importe qui à sa place m'aurait demandé de répéter. Je n'aurais pas osé, j'aurais ri pour faire croire à une plaisanterie et manqué ainsi une occasion unique de me renseigner sur le monde, le vrai, celui auquel je ne comprends rien. Mais Bianca aime les questions. Elle a le goût de la polémique, vrai jumeau du goût de l'amour.

— Oui, il existe, m'a-t-elle confirmé, mais surtout pour les hommes.

— Pourquoi surtout pour les hommes ?

— D'une part à cause de l'angoisse de castration...

Bianca est assez calée en psy, moi aussi, mais c'est comme le sexe, en ce sens que je n'y crois pas.

— ... et d'autre part pour la simple raison qu'il se rappelle sans cesse à eux.

J'apprécie cette idée, ce « rappel » qui est plus impérieux et, par conséquent, plus risqué que le souvenir.

— Ils ont peur de ne pas bander, m'explique-t-elle.

— Oui, oui, sûrement. Ça doit être très angoissant, dis-je sans compassion réelle.

— Et puis aussi, il faut t'imaginer que, quand ils

voient une belle fille, ça se dresse. Ils savent qu'ils la trouvent belle avant même de s'en rendre compte.

– Nous aussi ? demandé-je.

– Nous aussi quoi ? demande Bianca.

– Nous aussi ça nous le fait ?

Bianca rit. Ça nous le fait d'une certaine manière. Mais qu'est-ce qui se passe, j'ai des problèmes avec Julien, ou quoi ?

– Non, c'était juste pour ma liste, lui dis-je, et elle a l'immense bonté de se satisfaire de cette réponse.

Je raccroche, je vais me regarder dans la glace. Je me demande si je suis belle. J'imagine des sexes de garçons se dressant sur mon passage comme une haie d'honneur. Impossible. Bianca dit n'importe quoi. Ça n'existe pas.

En grandissant, je suis parvenue à annuler Noël, à ne plus considérer cette période que comme une gigantesque foire promotionnelle. Je songe aux transhumances obligées de la plupart de mes amis qui vont visiter leurs parents et se retrouvent, surtout s'ils n'ont pas eux-mêmes d'enfants à gâter, dans la position inconfortable de vieux bébés censés s'ébahir en ouvrant des paquets au contenu déprimant. Je pense aussi aux vieux, comme M. Dupotier, qui n'ont plus personne à régaler, et pas même l'alibi de cadeaux à distribuer pour se distraire du froid et de la nuit qui tombe raide, à l'heure du goûter.

Simone et Simono ont accroché au-dessus de la porte de la loge une banderole argentée. Joyeux Noël, dit-elle. À qui ce message est-il adressé ? Aux habitants de l'immeuble, à Niniche qui est enfin sortie de l'hôpital et passe l'éponge ? Niniche qui s'est finalement changée en éponge, ses cheveux comme des filaments de serpillière, ses gros yeux jaunes comme des bulles de détergent à la surface d'une eau sale. Je me rends compte qu'elle n'est pas seulement l'esclave des gardiens, elle est aussi leur double décadent, la manifestation charnelle de leur débauche, un concentré de corruption.

Simone et Simono ne changent pas. Voilà sept ans que je les côtoie. J'ai moi-même pris une ou deux rides et j'ai vu mes enfants grandir ; un supermarché a ouvert, un restaurant chinois a fermé, de nombreux bars sont venus combler les orbites aveugles des vieux immeubles noircis par la fumée, un entrepôt a pris feu, la mairie a changé de mains, Decaux s'est emparé de la place pour y planter un panneau d'affichage aussi incongru qu'une mangeoire à mésanges en plein Sahara, des maisons sont tombées, d'autres se sont élevées, en carrelage, en verre, des maisons qui ressemblent à des igloos géants, on a froid rien qu'à les regarder, de grands jeunes hommes en bonnet roulent fluides sur leurs patins, un sac à bandoulière en travers de la poitrine. Simone et Simono sont restés les mêmes. Aucune fatigue nouvelle ne se lit dans leurs yeux déjà cernés, nulle amertume n'a tracé de sillon délateur aux commissures de leurs lèvres sèches. C'est Niniche qui a tout pris. Un grand coup dans la tête. Maintenant, elle se teint même les cils. Je pense que ça doit piquer les yeux. Avec ses petits poils blancs hérissant ses paupières, elle s'apparente de plus en plus aux créatures abyssales mi-poisson mi-lézard, nées aveugles, gluant dans les mares glacées de grottes insoupçonnables. Elle a du mal à parler, sa bouche a perdu le tonus musculaire nécessaire à l'articulation. Elle gueule, grommelle, gâtise, ses doigts arthritiques crispés sur la canne qu'elle ne lâche plus et dont elle oublie de se servir pour marcher.

Qu'est-ce qu'il veut encore ? me dis-je en quittant mon ordinateur. M. Dupotier a déjà mangé un croissant, une demi-baguette, son petit déjeuner monté par Simone et des Pépito.

– Bonjour, ma petite voisine.

– Bonjour, monsieur Dupotier.

– Quelle heure qu'il est ?

Je regarde ma montre, comme si les minutes lui importaient. Mais M. Dupotier n'est plus dans notre temps. Il avance à reculons quand nous allons de l'avant. Pour lui, les secondes s'étirent à l'infini et les journées se superposent. Son sablier fuit, se retourne sans raison, se bloque.

– Dix-huit heures quinze.

– J'ai envie d'huîtres.

– Comment ?

– Je voudrais bien des huîtres.

Je songe aux yeux vert sale de Simono, à ses glaviots sur le trottoir.

– Je n'en ai pas, dis-je, dégoûtée.

– Mais j'ai vraiment très envie de manger des huîtres.

– Qu'est-ce que vous voulez que j'y fasse, monsieur Dupotier ? Moi aussi, il y a des tas de choses que j'aimerais manger mais je me contente de ce qu'il y a dans mon placard. D'accord ? Alors vous allez rentrer chez vous. C'est bientôt l'heure de dîner. Simone va vous monter quelque chose.

Je referme la porte sur lui alors qu'il n'a pas amorcé le moindre mouvement de repli.

Encore un coup de Noël. Et pourquoi pas du caviar pendant qu'il y est ? De mon temps, on se contentait d'une orange, voilà ce que j'aurais dû lui répondre. Je vais faire bouillir des pommes de terre pour les enfants qui jouent, très sages dans leur chambre, avec des figurines guerrières. J'entends leurs voix, virilisées pour l'occasion, échanger des propos étrangement anodins. Mes deux ventriloques ne sont pas en veine belliqueuse ce soir : « Tu es ami avec Batman Pirate des Mers ? – Non, moi je suis le Défenseur galactique des Continents glacés, je suis ami avec Batman Bouclier Fatal. – Tu peux demander à Batman Armure d'Acier s'il veut venir à mon anniversaire ? » Il a dit oui mais il veut aussi qu'on invite Batman Lance-Roquette et Batman Bazooka Atomique. « Dis-leur qu'il y aura des tartines de Nutella. – Je préfère les tartines de miel. »

Visiblement, ce conflit gustatif ne nécessite pas une attaque immédiate. Les petits bonshommes de plastique avancent sur leurs pattes rigides, se serrent maladroitement la main et s'assoient en cercle autour d'une table basse en Lego. Des boules de pâte à modeler figurent un festin qui ferait pâlir d'envie M. Dupotier.

Je pense au cycle alimentaire, à toute cette nourriture que nous devons ingurgiter pour nous donner des muscles quand il s'agit d'épinards, des idées lorsque c'est du poisson, de la gentillesse si les carottes sont au menu. Je raconte un tas d'histoires à mes enfants pour les persuader de faire entrer la nourriture dans leur corps. Il y a celles de toujours : la soupe fait grandir, la viande donne des forces ; mais il y en a de plus tordues : par exemple, les courgettes ne sont pas des courgettes mais des *troquettes*, un légume oublié pendant des millénaires, en fait, le seul légume que les dinosaures aimaient manger. Parfois je me demande pourquoi je m'acharne et quelle est la nature réelle de la joie que j'éprouve lorsque – Miracle ! – ils terminent leur assiette sans que j'aie dû abuser de leur naïveté.

Les enfants ont bien mangé, c'est fou ce que cette phrase est bonne à entendre et douce à dire. Il me semble qu'un proverbe anglais affirme *You are what you eat*, en français : « On est ce qu'on mange. » Il se peut fort que j'aie inventé ce dicton et je demande aux puristes de m'en excuser, car il est si juste que je ne pourrais, personnellement, plus m'en passer. « On est ce qu'on mange », d'où la volonté de donner de bonnes et belles choses à ses enfants. « On est ce qu'on mange » et, inversement, on mange ce qu'on est.

Je me demande alors d'où peut lui venir son soudain désir d'huîtres, à M. Dupotier. Noël. Il veut manger ce que les autres mangent pour se donner l'illusion de participer. Je sais qu'il n'aura droit ni à la bûche, ni à la dinde, et j'aimerais le convaincre qu'on peut survivre sans.

– Qu'est-ce qui se passe encore ?

Je n'ai pas entendu la porte et je suis surprise par Julien, qui vient d'entrer dans la cuisine. Il est emmitouflé dans son écharpe, et ses mains d'étrangleur engoncées dans les gants de cuir font de grands gestes en direction du salon.

– Rien, tout va bien, dis-je.

– T'as pas vu l'échelle ?

– Quelle échelle ?

– Dehors.

Je fais des yeux de chouette. Je ne comprends pas un mot de ce qu'il dit.

– Simone monte sa bouffe au vieux sur une échelle.

Julien m'emmène au salon et ouvre la fenêtre. La gardienne a disparu, mais l'échelle est toujours là, sur le trottoir, appuyée contre le balcon de M. Dupotier.

Julien descend pour éclaircir cette affaire. Lorsqu'il remonte, il m'explique que notre voisin a perdu ses clés.

– Mais il était là, il y a dix minutes, dis-je éberluée.

– Où ça, là ?

Julien est énervé, je ne sais contre qui, mais comme je suis son seul interlocuteur du moment, c'est sur moi que tombe sa colère.

– Sur le palier. Il m'a demandé des huîtres.

– Des huîtres ?

– À cause de Noël.

Je suis passée devant la maison de retraite en rentrant. Une large baie vitrée ouvre sur la rue qui mène à l'école. L'écran géant d'un Cinémascope sur lequel il ne se passe presque rien. Dans la salle à manger, autour de tables rondes, sont installés des vieux, sur chaises fixes, sur chaises roulantes, la tête étrangement détachée du corps, tendue vers l'avant comme celle des vautours. Leurs visages sont pâles. Ils ont une peau de coquelicot. Leurs mains, agrippées aux accoudoirs ou blotties l'une dans l'autre, semblent endormies. Leur regard est perdu, leurs yeux ont la pesanteur des pierres, la couleur trouble d'une eau remuée. Certains ont la mâchoire qui pend, d'autres les lèvres scellées, s'avalant l'une l'autre, comme s'ils étaient aspirés de l'intérieur. On voudrait les secouer, agiter la salle à manger comme ces boules de neige, ces petits mondes transparents et aquatiques habités par des lutins, des danseuses, ou des clowns minuscules, pour que des flocons synthétiques leur tombent sur la tête. Au plafond, le long des colonnes, des guirlandes d'ampoules colorées clignotent au rythme des *Quatre Saisons* de Vivaldi qu'on entend à peine à travers la vitre. Des banderoles en lettres de papier argent volettent au gré des convecteurs. Pas un vieillard ne bouge. Les infirmières leur parlent, caressent leurs crânes fragiles, posent devant eux des images, des cartes à jouer, des bonbons de toutes les couleurs. Leur goûter ressemble étrangement à celui de la cohorte de Batman dans la chambre de mes enfants.

Je me console souvent en me disant que M. Dupotier est mieux chez lui, qu'il sait encore parler et se souvenir, que la douleur infligée par sa mémoire est bonne à prendre, meilleure en tout cas que les kilomètres de draps blancs qui défilent en silence dans l'esprit amolli des vieillards d'à côté.

Le lendemain matin, alors que je rentre du marché, je vois Simono remettre en place l'échelle qu'il avait descendue à la cave la veille au soir.

– Vous n'avez pas de double ?

Il sursaute puis se tourne lentement vers moi. Il passe
une main dans ses cheveux gominés et soupire. Une
femme lui parle et il a l'air aussi amusé que si son chien
lui donnait la sérénade. Il me toise longuement et sourit, menton en avant, lippe pendante.

– Vous pouvez pas vous empêcher de fourrer vot' nez
partout, vous autres, pas vrai ?

Je voudrais lui demander à qui il fait allusion, aux
femmes, aux jeunes ? Mais soudain je connais la
réponse et elle me glace le sang. Nous avons un nom
bien français pourtant, pas de meilleur masque possible.
J'ai dû faire des confidences à Simone, du temps où
elle m'apparaissait encore comme un ange gardien, certes déchu, mais bienveillant quand même. Simono a
entendu mon père échanger des mots d'arabe avec le
boucher d'en bas. Il s'est renseigné dans le quartier. Ne
m'a-t-il pas dit qu'il était un ancien de la police ?

– Vous ne m'avez pas répondu. Je vous ai demandé
si vous n'aviez pas un double des clés.

– Ah vraiment ? fait-il d'une voix haut perchée. J'ai
rien entendu. Je suis dur de la feuille. Ça me rend sourd
de te regarder grimper l'escalier dans ta petite jupe à
volants.

Il est fier de lui. J'ai honte de moi. Honte des pensées
dont il m'habille, honte qu'il puisse s'emparer de mon
corps comme bon lui semble et me faire jouer mille
jeux atroces dans ses rêves vicelards. Comment pour-

rais-je lui rendre la pareille ? Rien, jamais, ne lui fera mal. Je pense à David et Goliath, mais pas l'ombre d'un lance-pierres à l'horizon. Je me dis qu'aucune torture ne viendrait à bout de son ignominie car, en lui, tout est déjà pourri. Il ne saura verser que des larmes de douleur, pas de regret, pas de chagrin ni de désespoir. Il n'y a personne en lui et je décide, dans un élan philosophique auquel je crois moins qu'au Père Noël, que c'est justement ça, sa punition. Il n'y a personne en toi, lui dis-je sans parler.

— T'en fais une drôle de tête, fifille. Dis-y à ton papa qu'est-ce qu'y a qui te turlupine. C'est pour la clé au vieux ?

— Oui, réponds-je lâchement. J'aimerais savoir ce que vous comptez faire.

— Appeler le serrurier et envoyer la facture à la belle-fille, mon lapin. C'est pas compliqué.

— Je vous préviens que vous avez intérêt à régler ça très vite.

— La vl'à qui monte sur ses grands chevaux. Dis donc, c'est pas toi qu'elle paie la veuve Dupotier. T'as rien à voir là-dedans. Compris ? Mon tour de te prévenir : T'avise pas de nous emmerder comme la dernière fois. Les poulets ont pas que ça à faire d'écouter les nian-nians des petites filles à papa.

Je sais qu'il ment, mais je n'ai aucun moyen de lui faire avouer. Ils l'ont enfermé chez lui de nouveau.

M. Dupotier leur a parlé des huîtres et ils ont décidé que ça méritait une punition. Je ne comprends pas d'où leur vient cette inépuisable cruauté.

Lorsque je remonte chez moi, je l'entends qui tambourine à sa porte. « Au secours », fait-il de sa voix agaçante. Je me surprends à penser : Fous-moi la paix, vieux con, crève, mais crève, bon sang.

– Je suis là, monsieur Dupotier, dis-je depuis le palier.

– Ma petite voisine ! J'ai encore perdu ma clé. J'ai plus de tête.

– C'est pas grave. On va appeler un serrurier. Calmez-vous. Simone va vous monter votre repas.

Je le laisse pleurnicher pour aller surveiller le déroulement des opérations depuis ma fenêtre. Comme prévu, la gardienne est sur l'échelle, un bol à la main. Les tartines sont dans la poche de son tablier. Elle peste à chaque barreau qu'elle gravit, à cause du café au lait qui se renverse et lui brûle les doigts. Putain de bordel de merde, connerie de chiotte de vieux de mon cul, bon dieu de bois de saloperie de café, la vache de vioque qu'il crève ce con. Je me penche et je regarde, les mains glacées par le contact du balcon sur lequel je m'appuie. Simone n'a qu'un gilet sur sa combinaison, ses mollets nus bleuissent. Elle n'a pourtant rien contre le froid, car elle a tout contre le vieux. Si on lui tendait un couteau, elle l'égorgerait sans peine. Mais elle pense aux mille trois cents francs que lui donne la belle-fille tous les mois. Cette somme qui n'est autre que le tarif auquel l'affreuse bonne femme a estimé la survie de son beau-père.

Lorsque je l'avais appelée pour lui demander où en étaient les formalités avec les services sociaux de la mairie, elle m'avait répondu que tout était annulé, parce que ça lui revenait deux cents francs plus cher que ce qu'elle payait déjà.

— Je ne peux pas me permettre de jeter l'argent par les fenêtres, comprenez-vous ?

Non, je ne comprenais pas. Elle n'avait pas d'enfants, plus de mari, un emploi et la perspective d'un héritage assez important.

— Ce serait mieux tout de même, avais-je tenté. Il aurait une aide ménagère. C'est vraiment très sale chez lui, vous savez ?

— C'est répugnant, vous voulez dire. Il se laisse complètement aller. Une honte. La pauvre Simone n'a pas que ça à faire.

— Justement, tentai-je. Si la mairie intervenait, Simone serait bien soulagée.

— Mais payez-les vous-même, les deux cents francs, si ça vous amuse de gâcher du bon argent.

— Si ce n'est que ça, je veux bien.

Elle s'était tue un instant, méduseé par ma réponse. Un Martien serait sorti de son frigo qu'elle n'aurait pas été plus stupéfaite.

– C'est impossible, avait-elle fini par dire d'une voix sèche. Vous n'êtes pas de la famille.

Ce jour-là, j'avais dit à Julien que je ne voulais jamais plus adresser la parole à cette femme. « S'il faut la rappeler, tu t'en chargeras. » Il avait acquiescé. Elle ne lui faisait pas peur, elle n'était que de l'humain, cette espèce contre laquelle il semblait davantage prévenu que moi.

– Pour deux cents balles, tu te rends compte ? dis-je en criant. Elle les récupérera dans moins d'un an, au rythme où ça va.

– Pas si sûr. M. Dupotier est en bonne santé, dans le fond. Bien nourri, il risquerait de tenir assez long-temps.

– Alors c'est un meurtre ? fais-je horrifiée.

Julien hoche la tête en souriant. Il a pitié de mon étonnement.

– Qu'est-ce que tu crois ?

Les méchants, me dis-je. Les méchants s'allient avec les méchants.

Simone frappe aux carreaux du vieux qui lui ouvre pour s'emparer de son petit déjeuner.

– Vous avez pas retrouvé ma clé, par hasard ?

– Mais puisque je te dis qu'elle est perdue, lui lance-t-elle en redescendant.

Je la regarde toujours. Elle ne lève pas les yeux vers moi. Elle marmonne des insultes et donne un coup de pied dans l'échelle en arrivant en bas. Je me demande ce qu'elle y gagne. Ça n'a rien de drôle de faire l'acrobate dans le froid, en savates.

C'est le moment où mon esprit s'échappe. Je souris. Je pense à ce que serait la réalité si c'était moi le chef. Si j'étais l'inventeur du réel, Simone monterait ses plats à M. Dupotier à l'aide d'un plateau en équilibre sur sa tête, les deux mains libres solidement agrippées aux montants de l'échelle. À chaque barreau elle déclamerait le vers d'un cantique célébrant l'éclosion des fleurs d'églantier. Des nian-nians, comme dirait Simono, j'en ai plein la cervelle.

La neige se met à tomber en flocons très épais. D'un coup, elle a envahi tout l'espace. Ce n'est pas comme la pluie qui descend simplement du ciel ; la neige pourrait aussi bien monter de la terre, elle tourne et vole, elle devient simplement visible et on se demande comment, une seconde plus tôt, on ne distinguait pas tous ces gros points blancs. Simone est toujours sur le trottoir, le nez en l'air, elle offre son visage plat au plumetis glacé, la bouche ouverte, les paupières papillotantes. Soudain elle me voit.

– C'est beau la neige, me dit-elle.

Des flocons lui tombent dans le décolleté et fondent aussitôt.

– Rentre, tu vas prendre froid, lui dis-je.

Elle est jolie comme ça, vue de haut, ronde et stable, les mains aux hanches, comme une toupie.

La neige entre chez moi par la fenêtre. Je voudrais qu'elle vienne aussi du plafond. Dans quelques heures, tout sera blanc, propre et scintillant. Mon esprit est confus. Il neige aussi dans ma tête. Le froid me fige et m'abrutit. J'ai tout inventé, me dis-je. M. Dupotier, sa méchante belle-fille, les méchants gardiens, les menaces, les coups, les privations ; tout ça n'existe pas. Seule la neige est vraie, la neige et le silence qu'elle fabrique.

Pourtant l'échelle est toujours là.

Le soir venu, nous appelons la police. Mon estomac se noue à cette idée. Que trouveront-ils à nous reprocher cette fois ? Je songe à mon découvert à la banque, aux amendes impayées, à la vignette que nous n'avons pas encore achetée, à nos visages, à nos habits. Ménage à fond. Faire dîner les enfants tôt. Avoir l'air normal. Mais nous n'avons pas le choix. Julien est descendu pour une ultime négociation qui n'a rien donné. Ou plutôt si, elle a produit un merveilleux feu d'artifice de hargne, une rupture de barrage suivie d'une crue d'injures.

– J'lui ouvrirai pas, j'te dis. P'tit con. C'est toi que j'vais ouvrir. Ton crâne y va péter. Y en aura partout sur les murs.

Sur le palier, j'entendais. Aux enfants attirés par le bruit j'avais ordonné de retourner dans leur chambre. Je me demandais si je n'aurais pas dû intervenir et je me sentais veule. Julien ne répondait pas. J'essayais de me l'imaginer, mon bonze aux yeux noirs, mon poids plume qui n'a peur de rien. Simono pouvait se jeter sur lui son revolver à la main.

Sur la pointe des pieds, j'ai descendu un étage. Un silence soudain dans la cage d'escalier m'avait alarmée. Devant la loge, ils se tenaient face à face, le beau et l'affreux, le vaillant et l'ignoble. Julien tapait doucement du pied sur le sol, marquant la mesure de je ne sais quelle chanson. Simono le défiait, son énorme ventre et sa poitrine grasse et molle en proue offensive. Des filets de salive suintaient de ses lèvres retournées. Il était prêt à mordre.

– T'es juif, toi ?

Julien ne répond pas.

– Tu sais ce qu'on leur fait aux juifs, chez nous ?

Julien reste immobile.

De son pouce recourbé, Simono fait le geste de se trancher la gorge.

– On les zigouille.

Julien hoche la tête deux ou trois fois et se détourne sans un mot. Très lentement, il monte vers moi. Je voudrais lui dire de courir, de sauter, de disparaître le plus vite possible du champ de mire du gardien. Je crains un coup de feu entre les omoplates, un poignard lancé dans les reins. Je serre Julien dans mes bras et j'éclate en sanglots.

– Qu'est-ce qui t'arrive encore ? me demande-t-il, exaspéré.

– C'est horrible. Tu as entendu ce qu'il a dit ? Tu as vu ce qu'il a fait ?

– Et alors ? C'est pas un scoop, quand même. Tu ne croyais pas que c'était un admirateur de Freud et de Kafka ?

– Ça existe encore. C'étaient les mêmes en 40.

– Pourquoi veux-tu que ça change ? Ça ne sert à rien de parler de ça. J'appelle la police.

J'ai aussitôt pensé qu'il ne faudrait pas que nous évoquions les insultes racistes, car en 40 la police était complice et puisque rien ne change...

– Bonjour, messieurs-dames.

Ils sont trois, comme la fois précédente, deux hommes et une femme.

Elle s'adresse à moi et je tente tant bien que mal de résumer la situation. Elle prend des notes et écarquille les yeux à chaque nouveau détail.

– Des Thénardier ! lance-t-elle en conclusion de mon exposé craintif.

À cet instant, je pourrais me prosterner à ses pieds.

116

Elle a compris, elle trouve ça révoltant, elle a lu Victor Hugo.

Le brigadier prend la déposition de Julien, tandis que le troisième policier tente de persuader les enfants que des choses beaucoup plus passionnantes ont lieu dans leur chambre.

Julien n'omet pas le moindre fait, je le vois mimer le geste de Simono, tandis que son interlocuteur secoue la tête.

— Quel enfoiré ! fait-il.

J'entends la musique de la cavalerie dans les films de cow-boys. Je pense qu'il y a les tuniques grises mais aussi les tuniques bleues.

— Vous n'avez pas essayé de pénétrer chez votre voisin ?

— Non, répond Julien.

— Parfait. Si vous l'aviez fait, il y aurait eu effraction. Ça compliquait tout. Bon, attendez-moi là, je vais libérer le monsieur et on s'occupe des deux autres dans la foulée.

Le brigadier ouvre la fenêtre et enjambe prestement le balcon. Après avoir fait quelques pas prudents sur la corniche, il frappe aux carreaux de M. Dupotier.

— C'est dangereux, dis-je.

— Notre chef est un bon, réplique son adjoint.

Je demande à la jeune femme ce qu'ils comptent faire.

– Nous allons emmener M. Dupotier en observation. Est-ce qu'ils l'ont battu ?

– Pas récemment, dis-je.

– Il va quand même faire un séjour à l'hôpital. C'est la marche à suivre.

– Et pour les gardiens ?

– On va les coffrer, dit le garçon en haussant les épaules.

Il est plus jeune que nous. Son képi est trop large et son uniforme flotte sur son corps d'adolescent.

– Quelle misère, ajoute-t-il.

Celui-là n'a pas trouvé sa vocation au guignol en jubilant à chaque coup de bâton asséné par Gnafron ; il a dû passer de longs après-midi de samedi devant la télé à admirer Serpico, l'Homme de fer ou Kojak. Il s'est dit que plus de justice sur terre ne ferait de mal à personne et qu'il pouvait peut-être y contribuer.

J'aimerais leur offrir un café ou un thé, mais j'ai trop peur qu'ils me répondent « jamais pendant le service ».

Les forces de l'ordre, voilà, c'est ça. La loi est enfin entrée dans notre maison et tout va redevenir comme avant. Je n'aurai plus peur que le chien fou dévore mes enfants, ni qu'une balle de revolver se plante entre les yeux de Julien. J'entrerai, je sortirai, comme si de rien n'était. Je ne guetterai pas les mouvements à travers les rideaux de dentelle sale de la loge, je ne craindrai pas que les enfants fassent trop de bruit au retour de l'école, je n'aurai plus besoin d'avertir les amis qui viennent nous rendre visite que nos gardiens sont dérangés et peut-être dangereux.

Ce n'est qu'en me livrant à cette énumération que je prends conscience de la terreur qu'a réussi à faire régner le gros porc. Je me rends compte que durant plusieurs années, j'ai monté mon étage en apnée, le cœur battant, l'estomac noué, et cela me semble soudain absurde. Comment ai-je pu avoir si peur ? Pourquoi l'ai-je supporté ? Le gros porc est parvenu à raviver toutes les craintes de mon enfance.

Je sais que Simone n'est pour rien là-dedans. C'est tout le problème de la complicité qui n'est pas clair pour moi. Je suis si lâche et si influençable que je ne peux m'empêcher d'éprouver de la sympathie pour ma gardienne. Tout ce qu'a fait Simone, elle l'a accompli, selon moi, par amour pour ce frère – pour cet amant. Par peur aussi, car plusieurs fois j'ai reconnu dans ses yeux l'expression du chien fou. Sans doute la battait-il. Il l'a peut-être menacée avec son revolver. Simone et Simono étaient doués pour les scènes de ménage. Ils hurlaient plus fort que la télé. Je n'ai jamais réussi à démêler les motifs de leurs disputes, mais elles étaient d'une violence affolante. Bientôt le chien pleurait et prenait des coups de pied dans les flancs, des coups de savate sur le museau.

Un dictateur a pris le pouvoir au rez-de-chaussée de notre immeuble et nous l'avons laissé faire. Cela a duré trois ans, l'âge de Nestor.

Il ne s'est pas contenté de martyriser M. Dupotier, il a voulu tout régenter. L'endroit où le chien de Mme Calmann avait le droit de faire pipi, l'heure à laquelle les filles du troisième devaient rentrer ; il a détourné l'emplacement réservé aux vélos en aire de stationnement pour son side-car, et nous a fait croire qu'il avait été promu gardien du parking souterrain de l'immeuble moderne qui jouxtait le nôtre. Il est vrai que, durant quelques semaines, il a arboré un uniforme gris sur la manche duquel un blason orange annonçait : sécurité. Il réglait la circulation sur le terre-plein central du boulevard, aidait des jeunes femmes qui ne lui avaient rien demandé à accomplir leur créneau en ricanant : « Femme au volant... » S'il en avait eu les moyens, il aurait installé un portique détecteur de métaux sous la porte cochère. Nous nous étions laissé faire.

J'entends Simone, en bas, qui sanglote tandis qu'on lui passe les menottes, elle se débat, insulte les policiers. C'est injuste, me dis-je, car je sais que Simone a du cœur. Est-ce une excuse ? Que ne ferais-je pas, moi-même, par amour ? Sauf que je ne tomberais jamais amoureuse d'un salopard. Voilà, j'ai trouvé la faille. Si les conséquences sont compréhensibles, le choix de départ est inacceptable. Excluons l'amour, ne gardons que la peur. Si quelqu'un me bat, menace de faire du mal à ceux que j'aime, jusqu'où suis-je capable de le suivre ? Je ne sais pourquoi, il m'est impossible de m'imaginer dans cette situation, parce que j'ai eu de la chance, que j'ai été bien élevée, que je n'ai manqué de rien. La petite fille riche reprend du service. Tout cela ne serait-il qu'un problème de classe ? Mais je m'égare, car ce n'est, après tout, que le sang qui parle. Disons que Simono est le frère de Simone ; elle ne peut que l'approuver parce qu'elle a été petite avec lui, qu'ils ont commencé très tôt à arracher les ailes des papillons ensemble.

Les policiers nous ont demandé de signer des papiers et j'ai regardé par la fenêtre les deux camionnettes à gyrophare s'éloigner sur le boulevard. Dans l'ambulance, M. Dupotier à qui je n'ai pas pu dire au revoir. Dans le fourgon, les gardiens, Simone en pleurs et Simono proférant toutes sortes de menaces de mort. La maison est silencieuse à présent.

Moïse sort de sa chambre pour nous demander ce qui s'est passé.

— La police a emmené les gardiens, lui explique son père. Et le docteur va s'occuper de M. Dupotier.

— Il est parti, lui aussi ? dit Moïse.

– Oui.

– Quand est-ce qu'il revient ?

Nous n'avons pas de réponse à cette question.

– J'appelle la belle-fille, déclare Julien.

J'admire son courage et pars me réfugier dans la chambre des enfants.

– Cette bonne femme est incroyable, dit-il après avoir raccroché. Je crois que c'est elle qui décroche la palme de la crapulerie.

– Tu l'as félicitée, j'espère.

– Chaudement. Quand je lui ai dit que les gardiens avaient encore séquestré le vieux et qu'ils avaient été embarqués par la police, tout ce qu'elle a trouvé à répondre c'est : « Quelle tuile ! »

– Comment ça, quelle tuile ?

– « Et qui va s'occuper de mon beau-père, maintenant ? » (Julien imite la voix aigre de la veuve.) « Votre beau-père n'a besoin de personne, il est parti en observation. – Et quand il reviendra, qui s'occupera de lui ? – Le quartier est plein de gens qui cherchent du travail, on n'aura pas de mal à trouver. – Mais comment je saurai s'ils sont recommandables ? – Parce que vous les trouvez recommandables, vous, Simone et le gros ? Des gens qui battent un vieillard, le menacent, l'affament, l'enferment chez lui, vous trouvez ça recommandable ? »

– Qu'est-ce qu'elle a répondu ?

– Rien. Elle a répété : « Quelle tuile ! »

– Quelle conne !

Nous décidons d'ouvrir une bouteille de champagne. Comme nous n'en avons pas, nous nous soûlons à la vodka.

Julien est légèrement éméché lorsqu'il reçoit un coup de fil de la P.J. : il doit venir faire une nouvelle déposition dans l'heure.

– Et s'ils te font un alcootest ? lui dis-je en le tirant par la manche de son blouson.

– Le plaignant a le droit de boire. Le plaignant a tous les droits.

– N'oublie pas tes papiers.

Il se trouve que Julien a connu un certain nombre d'expériences malheureuses dans des commissariats.

– Je vais à la P.J., ma jolie. La P.J., c'est le commissaire Maigret, les *Cinq Dernières Minutes*. Du sérieux, de la pêche au gros, *comprendes* ?

Julien me fait une série de clins d'œil approximatifs et je me dis qu'il est nettement plus gai quand il a bu. J'envisage une gentille retraite alcoolique et je referme la porte derrière lui en croisant les doigts pour qu'il ne lui arrive rien.

8

La déposition

Au matin, Paris est blanc. Nous devrions tous en profiter pour hiberner, mais les hommes n'ont pas cette sagesse. En rentrant de l'école, je croise Niniche dans le hall de l'immeuble. Elle me sourit et demande des nouvelles des petits dans son baragouin.

Dois-je lui demander pardon ? Ou, plutôt, va-t-elle me remercier ? Car, après tout, nous avons envoyé ses tortionnaires en prison – c'est du moins ce que je crois à l'instant.

Elle est libre, désœuvrée, stupéfaite. Moussaillon martyr élevé soudain au rang de capitaine, elle tâtonne. Un rien la fait sursauter. Elle entend des voix, se souvient de l'air déplacé par les coups, porte spasmodiquement sa main au-dessus de sa tête pour se protéger des claques et sourit de nouveau. Elle me demande de l'aider à trier le courrier parce qu'elle n'y voit pas clair.

Elle n'ose pas me dire qu'elle ne sait pas lire et j'imagine un moyen de lui éviter les erreurs. Je fais un paquet par étage et je les numérote ; avec les chiffres, elle s'en sort mieux. Malheureusement, l'exercice se corse lorsqu'il s'agit de distinguer la gauche de la droite.

– Laisse, Niniche, je vais le faire, lui dis-je.

– Oh non, pas vous. C'est pas correct.

À l'entendre, on dirait que je suis la reine mère.

– Ça ne me dérange pas, je t'assure. Il y a l'ascenseur.

– Alors je viens avec vous.

Qu'est-ce qu'il lui prend de me vouvoyer ? Comme si elle m'offrait ça en réparation. Elle veut me témoigner du respect. Bizarrement, je ne me laisse pas attendrir. Niniche est faite pour obéir, elle m'a désignée pour être son nouveau chef. Cette promotion me fait horreur et je lui en veux de ne pas se rendre compte que je ne suis pas Simone, ni Simono.

L'ascension est pénible. Niniche me touche le bras sans cesse, pour attirer mon attention, pour me confier des histoires que je ne comprends pas, parce qu'elle a trop de mal à articuler. Son débit est saccadé, erratique. On ne sait jamais quand se termine une phrase. Elle tire sur ma manche, glousse, se tait profondément, parle à nouveau. Je regarde ses joues molles, son petit front défoncé dont la couleur et la texture étrange m'évoquent les blocs de halva suant dans la Cellophane.

Au sixième étage, nous sortons de l'ascenseur pour entamer notre tournée. À chaque fois que je me penche pour glisser les enveloppes sous le paillasson, elle m'imite, se penche aussi et souffle beaucoup parce que ça lui écrase l'estomac. Au quatrième, nous croisons Mme Calmann qui sort pour faire son marché. Elle nous regarde, Niniche et moi, et m'interroge du regard. Prise d'une flemme prodigieuse, je me contente de la saluer courtoisement, comme si de rien n'était. C'est ma nouvelle vie, lui annonce mon visage tranquille : maintenant, je fais tout avec Niniche ; elle est comme mon ombre, mon bras droit en quelque sorte.

Arrivée au rez-de-chaussée, j'estime que ce cirque a assez duré.

– Bonne journée, Niniche. Je monte travailler.

– Quand c'est qu'y reviennent ? me demande-t-elle, gémissante.

– Jamais, lui dis-je sans pitié.

– Simone va pas rentrer ?

– Non.

– Et monsieur Pierre, y va pas rentrer non plus ?

– Non.

– Où qu'y sont ?

Niniche était pourtant là, la veille au soir, lorsque les policiers ont embarqué les gardiens.

— Ils sont en prison.

— Qu'est-ce qu'y z'ont fait de mal ?

Je renonce à lui répondre. J'ai aussi peu d'espoir d'être comprise par elle que si je m'adressais au chien. Je lui conseille d'aller se reposer, parce que c'est la meilleure chose à faire et que je crains sinon qu'elle ne reste plantée jusqu'au soir là où je l'ai laissée. Niniche a l'inertie des orphelins. Ses courtes jambes variqueuses la portent lentement jusqu'à la chaise sur laquelle elle se laisse tomber en appuyant simultanément sur la télécommande. Je referme moi-même la porte de la loge pour me protéger des braillements joyeux d'un animateur de jeu télévisé.

À quoi pourra ressembler cette journée ? Je me sens comme au retour du cimetière, vide et flottante. Il est impossible de travailler. J'envie Julien qui sera forcément distrait par la compagnie de ses collaborateurs et dont l'esprit sera contraint de s'appliquer à résoudre des problèmes. Je lorgne sur l'écran gris foncé de mon ordinateur avec colère, je lui reproche de ne rien me donner, de ne rien me demander. Je voudrais parvenir à couper le ruban de souvenirs qui défile dans ma tête, que quelque chose ou quelqu'un suspende le martèlement incessant des noms et des prénoms qui, par leur seule évocation, suffisent à me serrer le cœur. Simone, Simono, monsieur Dupotier, je ne vous reverrai jamais.

Vous êtes sortis de ma vie. Je vous ai jetés dehors. J'ai gagné. Je ne veux pas de cette victoire. Revenez. Il ne faut pas que vous disparaissiez. La responsabilité m'étouffe. Laissez-moi vous frapper une bonne fois. Pas vous, monsieur Dupotier. Vous, je vous nourrirai, je vous ferai de vrais repas, de bonnes choses pleines de vitamines.

Je donnerai une petite tape sur la main de Simone et un grand coup de pied dans l'estomac de Simono, peut-être aussi un coup de matraque sur l'arête du nez et dans les dents. Après, ça ira mieux. Nous serons tous calmés et nous pourrons recommencer comme avant.

Le sens m'échappe. Je suffoque, assise sur le tapis du salon. La logique me manque comme l'air au poisson tiré des eaux. Que suis-je venue faire dans cette histoire ? Qui a décidé de mettre Simone sur mon chemin ? Que va devenir Niniche à présent ? Où est parti M. Dupotier ? Qui punira sa belle-fille ? Pourquoi les autres habitants de l'immeuble n'ont-ils rien fait ?

Quand Julien rentre, il me trouve assise par terre, les genoux serrés dans les bras. Je n'ai pas bougé depuis des heures, je n'ai rien mangé, je rêvasse en me berçant mollement. Il a les yeux cernés, les paupières violettes, la mâchoire tendue, une tête d'accident.

– Le bureau de l'inspecteur... Non, ce n'était pas un inspecteur, juste le policier de garde. Un pauvre bonhomme. Tu n'imagines pas la misère de ce type. Son bureau est une pièce minuscule, peinte en vert kaki jusqu'au plafond qui s'écaille. Il n'y a rien là-dedans. Juste une table et deux chaises. Pas d'affiches aux murs, pas de téléphone, une ampoule nue et un radiateur d'appoint. Sur la table, une machine à écrire qui doit dater de la construction du bâtiment. Deux touches au moins ne fonctionnent pas et, à chaque fois qu'il tombe dessus, il appuie cinq ou six fois de suite. « Si-si, si-sinon, ç-ç-ça m-ma-arque pas sur le-le-le ca-ca-carbone », dit-il.

Tu te souvenais que le carbone existait, toi ? Ma dernière feuille de carbone date du CM2. Il était très gentil. Une tête toute longue avec des cheveux roux et une barbichette. Il bégayait si fort que j'essayais de ne jamais lui laisser la parole. À chaque fois qu'il devait faire une phrase, il retenait son souffle comme pour un plongeon et ça ne l'aidait pas, tu vois, parce qu'il s'épuisait au bout du deuxième mot.

Au début, je n'osais pas parler à sa place, pour ne pas le vexer, mais assez vite, je me suis rendu compte qu'il était d'accord, que cette solution lui convenait parfaitement. Tout ce que j'ai appris de lui en deux heures est sorti de ma propre bouche.

C'est moi qui ai dit qu'il vivait seul avec sa fille depuis

la mort de sa femme, qu'on ne se remet jamais tout à
fait du décès d'un proche, que la vie est affreusement
cruelle et que le plus difficile, c'est le silence aux heures
des repas. C'est aussi moi qui ai dû expliquer qu'une
fois la retraite venue, il ne serait plus bon qu'à se jeter
sous les roues du métro.

Notre histoire à nous, je veux dire, celle de M. Dupotier et des gardiens a été expédiée en cinq minutes. Une
demi-page a suffi. Ça m'a semblé peu, mais quand j'ai
relu, je n'avais rien à ajouter. Comme la table était
branlante et qu'il n'en contrôlait l'équilibre qu'en
jouant des rotules, la plupart des mots étaient amputés
d'une ou deux lettres. Parfois, trois « s » se suivaient,
ou deux virgules. Mais pour le sens, l'essentiel y était.
*Par deux fois, à un an d'intervalle, Mme Chiendent
et M. Lacluze, gardiens d'immeuble, ont séquestré
M. Dupotier, propriétaire du premier étage.* « Pas de quoi
fouetter un chat, finalement, » ai-je dit au policier. Mais
il n'était pas d'accord. J'ai parlé à sa place, j'ai dit :
« D'un autre côté, ils auraient pu le tuer. C'est un abus
de pouvoir sur une personne dépendante. Ils l'ont aussi
battu et intimidé. » Le policier hochait la tête. Pendant
que nous discutions, deux rapports sont tombés sur la
table, livrés par un grand hurluberlu aux yeux globu-
leux qui riait en parlant. « Deux beaux salauds, ha, ha,
ha. » « De la racaille de premier ordre, hé, hé, hé. » Le
policier me les a lus péniblement. Simone avait déjà

comparu deux fois pour proxénétisme, et Simono pour proxénétisme aggravé et tentative d'atteinte à la personne humaine.

– Qu'est-ce que ça veut dire, aggravé ? Aggravé de quoi ?

– Je ne sais pas. Je n'ai pas demandé.

– Et tentative d'atteinte à la personne humaine, ça veut dire meurtre. Il a essayé de tuer quelqu'un ?

– Ça doit être ça, oui.

Je frissonne rétrospectivement en pensant au revolver argenté.

– Ils vont aller en prison, alors ?

Comme si je demandais si la princesse se marie à la fin de l'histoire.

– Je ne crois pas.

– Comment ça ?

– Le policier était assez embarrassé ; il m'a laissé entendre qu'on ne pouvait pas grand-chose contre eux.

– Qu'est-ce que ça signifie ?

– Ça signifie que Simono est sans doute un indic, qu'il est protégé par un supérieur.

Seule, je n'aurais jamais trouvé la solution à cette énigme, car, dans mon esprit, il faut toujours que le Bien et le Mal soient clairement délimités par un fossé, une rivière, une frontière infranchissable.

Si un méchant se rend utile, on ne le punit pas. C'est un genre de marché qu'il ne faut pas ignorer.

Je dois accepter ce désordre, comprendre qu'il n'est plus question du gendarme et des voleurs. « Qui sont les méchants ? » demandais-je enfant quand je regardais la télé. La réponse ne tardait pas. « Les méchants, c'est ceux avec des chapeaux. » « Les méchants, c'est les cow-boys. » « Les méchants, c'est les Allemands. » Pourquoi sont-ils méchants ? Mes parents préféraient la seconde question. Ils me parlaient de lutte pour le territoire, de crise économique, et je ressortais de la discussion dans un état de confusion éreintant ; non seulement je ne comprenais plus rien au film, mais en plus je me disais : Ce n'est pas de leur faute s'ils sont méchants, et si ce n'est pas de leur faute, c'est qu'ils ne le sont pas vraiment. Alors, qui sont les méchants ? Car il me semblait, malgré les explications rationnelles dont on m'abreuvait pour me rassurer, qu'il y avait dans le monde quelque chose d'obscur, d'insondable, une force épouvantable, tranchante, insidieuse. Les yeux fermés, blottie dans mon lit, je serrais les dents, terrifiée. Mon cœur s'emballait, je pensais en mourir. Tout se mélangeait dans mon esprit, la lave des volcans, le venin des araignées, les gens qui volent les enfants, ceux qui les tuent, les soldats qui torturent, les gouffres dont on ne peut jamais remonter, les avalanches, les accidents de voiture, les trains de dépor-

tation, les cachots des prisons, les bombes atomiques.
Je voyais mal comment, avec tout ça, je parviendrais
à m'en sortir.

Je voudrais vous raconter l'histoire d'une tortue. Je
l'ai vue à la télé qui nageait dans un lagon turquoise.
Le commentaire m'apprit qu'elle s'appelait Lili. Elle
était adorable, comme seules savent l'être les tortues,
qui volent plus qu'elles ne nagent et associent à leur
tête cacochyme la faculté enfantine de se cacher soudain
dans leur carapace, pour en ressortir comme un diable
de sa boîte. Lili était l'héroïne du film et on ne lui
voulait naturellement que du bien. On désirait que le
soleil ne l'accable pas et que la mer lui fournisse de
quoi faire de bons repas lui permettant de poursuivre
sa route. Ce qui arriva à point nommé sous la forme
d'un calamar, lequel n'avait pas de nom et pouvait ainsi
se faire dévorer sans que l'on n'en conçoive trop de
tristesse. Elle l'entama par la tête, alors qu'il nageait à
reculons, mit un certain temps à l'immobiliser, croqua
un œil puis l'autre. Tandis qu'elle était sur le point
d'avaler les tentacules, un requin surgit. Je n'imaginai
pas qu'il pût y avoir le moindre péril dans cette rencontre. Le squale était assez petit et je faisais confiance
à l'instinct de Lili : elle allait se carapater dans sa maison
d'écailles et se laisser couler comme une pierre au fond
de l'eau. Il faut croire que le plaisir de la ripaille

l'emporta sur la prudence car elle continua son festin, ce qui permit au prédateur de fondre sur elle et d'engloutir sa tête qu'il arracha d'un coup de dents. Je restai stupéfaite tandis que le générique de l'émission défilait sur des images d'eau verte mêlée de sang écarlate.

9

La fin

Au bout de quarante-huit heures, les gardiens sont rentrés. La neige commençait à fondre. Sur le trottoir, des traces de pas se dessinaient en gris sale et en brun, fusant dans toutes les directions. Les congères autour des arbres étaient tachées de pisse de chien, noircies par les gaz d'échappement. Une boue cristalline collait aux chaussures. Il faisait humide, le ciel était sans couleur, sans espoir, reflété en lames d'argent mat dans les caniveaux débordants. La débâcle, songeai-je, ou était-ce plutôt le dégel ?

J'ai appelé M. Moldo, le syndic, pour expliquer qu'il serait peut-être nécessaire de prendre des mesures. Le bilan était stupide. Nous nous étions débarrassés de M. Dupotier et les gardiens étaient revenus. Bien joué.

– Qu'est-ce qui se passe ?

– Il se passe que les gardiens sont là, qu'ils ont

menacé mon mari, que j'ai peur, que je veux qu'ils partent.

– Je n'y peux rien. Il n'y a. pas faute grave. Ils vont aller aux prud'hommes, ils gagneront, la copropriété ne peut tout simplement pas se le permettre.

– Pour vous, séquestrer un vieillard, menacer les gens de mort et les traiter de sales juifs, ce n'est pas une faute grave ?

– Pas selon le code du travail.

– Donnez-moi un exemple, alors. Dites-moi ce qui peut motiver un renvoi.

– Ne pas vider les poubelles. Refuser de distribuer le courrier, des choses de ce genre.

Le sang neuf va repartir d'où il vient, cher monsieur Moldo. J'ai pensé qu'à la prochaine réunion de copropriété, si nous restions encore assez longtemps dans l'immeuble pour y assister, je ferais un détour par la banque des yeux. Les miens en avaient trop vu. Il serait peut-être avantageux d'en changer.

Monsieur Dupotier n'est jamais revenu.
Trois mois plus tard, nous avons déménagé.

DU MÊME AUTEUR

Quelques minutes de bonheur absolu
L'Olivier, 1993
et « Points », n° P 189

Un secret sans importance
prix du Livre Inter 1996
L'Olivier, 1996
et « Points », n° P 350

Cinq photos de ma femme
L'Olivier, 1998
et « Points », n° P 704

Le Principe de Frédelle
L'Olivier, 2003
et « Points », n° P 1180

Tête, archéologie du présent
(photographies de Gladys)
Filigranes, 2004

V.W. : le mélange des genres
(en collaboration avec Geneviève Brisac)
L'Olivier, 2004

Mangez-moi
L'Olivier, 2006
et « Points », n° P 1741

Livres pour la jeunesse

Abo, le minable homme des neiges
(illustrations de Claude Boujon)
L'École des Loisirs, 1992

Le Mariage de Simon
(illustrations de Louis Bachelot)
L'École des Loisirs, 1992

Le Roi Ferdinand
(illustrations de Marjolaine Caron)
L'École des Loisirs, 1992, 1993

Les Peurs de Conception
L'École des Loisirs, 1992, 1993

Je ne t'aime pas, Paulus
L'École des Loisirs, 1992

La Fête des pères
(illustrations de Benoît Jacques)
L'École des Loisirs, 1992, 1994

Dur de dur
L'École des Loisirs, 1993

Benjamin, héros solitaire
(illustrations de Véronique Deiss)
L'École des Loisirs, 1994

Tout ce qu'on ne dit pas
L'École des Loisirs, 1995

Poète maudit
L'École des Loisirs, 1995

La Femme du bouc-émissaire
(illustrations de Willi Glasauer)
L'École des Loisirs, 1995

L'Expédition
(illustrations de Willi Glasauer)
L'École des Loisirs, 1995

Les Pieds de Philomène
(illustrations d'Anaïs Vaugelade)
L'École des Loisirs, 1997

Je manque d'assurance
L'École des Loisirs, 1997

Les Grandes Questions
(illustrations de Véronique Deiss)
L'École des Loisirs, 1999

Les Trois Vœux de l'archiduchesse
Van der Socissèche
L'École des Loisirs, 2000

Petit prince Pouf
(illustrations de Claude Ponti)
L'École des Loisirs, 2002

Le Monde d'à côté
(illustrations d'Anaïs Vaugelade)
L'École des Loisirs, 2002

Comment j'ai changé ma vie
L'École des Loisirs, 2004

Igor le labrador
et autres histoires de chiens
L'École des Loisirs, 2004

À deux c'est mieux
(illustrations de Catharina Valckx)
L'École des Loisirs, 2004

C'est qui le plus beau ?
L'École des Loisirs, 2005

Les Frères chats
(illustrations d'Anaïs Vaugelade)
L'École des Loisirs, 2005

Je ne t'aime toujours pas, Paulus
L'École des Loisirs, 2005

Je veux être un cheval
(illustrations d'Anaïs Vaugelade)
L'École des Loisirs, 2006

COMPOSITION : IGS CHARENTE-PHOTOGRAVURE À L'ISLE-D'ESPAGNAC
IMPRESSION : BRODARD ET TAUPIN À LA FLÈCHE
DÉPÔT LÉGAL : OCTOBRE 2001. N° 51226 (46076)
IMPRIMÉ EN FRANCE

Collection Points